ハヤカワ文庫SF
〈SF2299〉

サイバー・ショーグン・レボリューション
〔下〕

ピーター・トライアス
中原尚哉訳

早川書房
8562

CYBER SHOGUN REVOLUTION

by

Peter Tieryas

Translated by
Naoya Nakahara
First published 2020 in Japan by
HAYAKAWA PUBLISHING, INC.
This book is published in Japan by
arrangement with
HANSEN LITERARY MANAGEMENT, LLC.
through TUTTLE-MORI AGENCY, INC., TOKYO.

サイバー・ショーグン・レボリューション

〔下〕

登場人物

守川《もりかわ》励子《れいこ》……………………大日本帝国陸軍の大尉。〈戦争の息子たち〉の会員。メカパイロット

若名《わかな》ビショップ……………特別高等警察（特高）課員

嶽見《たけみ》ダニエラ……………励子の友人。〈戦争の息子たち〉の会員

渡部《わたなべ》プリス………………将軍。メカパイロット

新島《にいじま》リーナ………………大尉。メカパイロット

大西《おおにし》範子《のりこ》……………………少佐。メカパイロット

K………………………………メカパイロット

山崗《やまおか》 騰《のぼる》 ……………………総督。〈戦争の息子たち〉の指導者

多村《たむら》大悟《だいご》……………………前総督

槻野《つきの》昭子《あきこ》……………………特高の警視監

靖《やす》…………………………特高の鑑識官

ブラディマリー……………正体不明の暗殺者

第一部　〈戦争の息子たち〉の陰謀（承前）

守川励子
ロングビーチ

1

足首に撃ちこんだ発信機によると、杉元《すぎもと》は車でロングビーチ市内へむかっていた。

埠頭の繁華街には独特のにおいが漂う。潮、海藻、屋台で揚げる天ぷら、貨物船の重油、海水を浴びた自動運転メカの鉄錆。派手なネオンサインが建物の正面を照らし、金で買えるあらゆる享楽を宣伝している。早朝なのに買い物客やパーティ客が通りにあふれ、酔っ払いが酔眼で孤独な仲間を探している。

ロングビーチ卸売市場はそんな早朝に繁忙をきわめる海産物の市場だ。数千人で混雑している。多くの仲卸業者が大きなマグロやメカジキを木製の手押し車に載せて急ぎ足で行きかう。全高六米《メートル》くらいの三人乗り小型メカが、海産物でいっぱいのパレットを運んでいる。鮮魚が丸のこや電気ナイフで次々と解体され、その血を洗い流すために床はいつも濡れている。

フォークリフトが警笛を鳴らし、励子《れいこ》はビショップといっしょに脇によけた。あとからバイクの列が通りすぎていく。

「近くにいるはずよ」励子は杉元について言った。

マグロの競《せ》り場にはいった。あちこちにパレットが積まれ、巨大なマグロが床に並んでいる。遺伝子組み換えされたマグロは天然物より四倍も大きい。

「競りってわかる？」励子はビショップに訊いた。

「おおまかに。本番の競りは一時間前に終わって、いまは高値入札ができない中小業者のための処分競りだ。天然至上主義者は、自然に育ったマグロにくらべて遺伝子組み換え物は味が落ちるという。天然物は脂がのってクリーミーだとして高値で取り引きされ、とくに津軽海峡産の直送物はプレミア価格がつく。理屈のうえではクローンのマグロも肉質はおなじはずなのに、競り値は一桁ちがう」

「食べてどう？」

「正直いって俺にはちがいがわからない」

「そのうち人間もクローン産になって、良品だけが残るかも」

「すぐにそうなるさ。従順な遺伝子でできたおとなしくて素直な人間ばかりになる」

買い手のすばやい指の動きをしめして、複雑なマグロ競りの仕組みを説明した。

励子はビショップが詳しいことに驚いた。

「いまからでも遅くないから鮨職人に転身すれば？」

「弟なしでそんな気になれない。さあ、天然物は終わって、あとはクローン物の時間だ」

そのクローンのマグロのあいだを足を引きずって歩く杉元の姿があった。

「ずいぶん急いでるな」

「どうして？」

「マグロの状態を調べてないから」

「クローン物はどれもいっしょじゃない」

「調べるのが儀式であり手順なんだよ」

ビショップがむっとしたので、おかしくなった。

「クローン競りの儀式を知らないわけね」

「ド素人め」

杉元は海産物市場を出て、埠頭のほうへ足ばやに歩いた。フェンスのむこうのエリアにはいっていく。励子とビショップは人目につかないところからよじ登って越えた。コンテナが高く積み上げられ、迷路のように見通しがきかない。レールにそって埠頭全体を移動するガントリークレーンがある。重量物運搬用の特殊装備をつけたレイバー級メカも働いている。

強力な武器を隠し持つ警備員が歩いている。いかにも不審だ。民間人の格好をしているが、あきらかに軍人だ。

「このエリアの所有者はだれ？」励子は訊いた。

「政府だ。あの警備員は元海軍。雇い主は港湾委員会じゃないぞ」

「どこよ」

「プロファイルに記載なし。公開記録で最後に目撃されてるのはバンコクで二カ月前。民間軍事会社のコントラクターとして働いていた」

励子はビショップに合図してゲートから離れ、コンテナの山へ移動した。装備品ベルトからワイヤを出し、拳銃に装着。フック先端は磁石でどんな金属にも張りつく。拳銃をかまえ、十段目のコンテナまでの距離を電卓で計算して、撃った。ワイヤが伸びて、フックが固定されるまで数秒。引いてゆるみがないことを確認し、先に登りはじめた。コンテナに足をつけてするすると登る。ビショップもあとから続いた。コンテナの上に警備員はいない。

　励子は岸壁方面を指さした。

「杉元は遠くないところにいる」

　コンテナの上を移動した。必要に応じてフックとワイヤを使う。まもなく岸壁の手前の開けた場所を見下ろす位置に来た。レイバー級メカの高い視点からはみつかるおそれがあるので、コンテナの上に伏せた。

　杉元の姿はない。四隻の大型貨物船が係留されている。貨物を満載して喫水が深い。一機のレイバー級が甲板から大きなコンテナを持ち上げ、岸壁ぞいに五棟ある大型倉庫の一つへ運んでいく。作業服姿の数人の女性が見えた。連隊を指揮する軍人のようにきびきびと命令を出している。

「貨物の中身を知りたいわね」

「全員、軍人上がりだな」ビショップが指摘して、電卓をタップした。「機界の接続状態が悪い。妨害電波が出てるのかもしれない。データが低速だ。ちょっと待て」しばらくして検索結果が出たようだ。「下で作業している九十二人中、六十四人は元機甲軍。残りは元海軍だ」

「機甲軍？」運ばれているコンテナを見た。「積荷目録をその電卓で読めない？」

「未登録だ。でもおそらくメカ部品だろう」

励子はメカタウン勤務時代に見た特別仕様のコンテナをみつけた。

「たしかにそうね。メカを組み立ててる」

ビショップはスキャン結果を読んでいる。

「ここにいるうちの十九人はメカ技術者だな」

「パイロットは何人？」

検索結果をまた三十秒待った。

「レイバー級に乗ってる八人は免許持ちだが軍人じゃない。軍の正式なパイロットは三人だけだ」

「名前は？」

「新島《にいじま》リーナ、渡部《わたなべ》プリス、そしておまえの友人の嶽見《たけみ》ダニエラ」

「ダニエラが？　本当にいるの？」

「ああ」

「まちがいなく？」

「まちがいない。アルバラード銭湯を脱出してここへ来たんだ」

　ダニエラが爆弾事件にかかわっていたことに動揺していた。ブラディマリー襲撃直前にかわした最後の会話を思い出す。本当に裏切ったのか。

「これそのものが軍関連という可能性はないの？　皇軍の秘密作戦とか」

　軍が隠密に遂行中の行動ではないかという考えを捨てきれない。ダニエラが国賊だとは思いたくない。

「考慮した。これが隠密作戦なら、俺のフィードにプロファイルは出ず、〝軍事機密〟と表示されるはずだ。でもそうならない。上司の槻野《つきの》警視監にも、ここで軍事作戦が実行中かどうか確認を求めるメッセージを送った。しかしたぶんちがうだろう」

「返事はまだ？」

「いま送ったばかりだ」

「皇軍で三本の指にはいるパイロットがそろって参加してるなんて」

　ビショップが電卓を見ながら言った。

「ああ、わかる。受勲歴や表彰歴が三人ともやたらと長い。資料にはあらかじめ目を通していたが、こうして経歴を見るとあらためて驚く」

　たとえここにイナゴ號があっても、戦って勝てる気はしない。なにより友人のダニエラと戦いたくない。

「荷物がメカ部品だとしたら、おおまかな大きさと頭部形状を知りたいわね。それで組み立て中のメカの種類と、その目的が推測できるはず」

「近寄ってみるか？」

「目視で確認するにはそれしかない。あんたのＺコート、サイズは？」

「拡張できる」

「光学ステルスモードがあるはずね」

東テクサーカナで三脚メカに対して使っていた。ビショップはためらいながら答えた。

「あることはあるけど、どうするつもりだ？」

励子は銃を確認した。

「いれて」

ビショップはサイズ調節でＸＬモードを選んだ。コート全体が大きくなり、励子がもぐりこめるくらいになった。足まで届く小さなテントにすっぽりはいったようになる。素材が偏光透過型なので内から外は見える。励子は周囲のようすがわかった。

「フードをかぶって出発」

二人はコンテナの上を倉庫のほうへ移動していった。フードを深くかぶり、ステルス機能が光を屈折させているので、地上の兵士たちは気づかない。そもそも自分の仕事に忙しい。

メカの内部配管を大型のフォークリフトが運んでいるのが見えた。表面のコーティングが標準仕様とは異なるようだ。倉庫に近いコンテナへは行かず、警備が手薄な裏のコンテナへまわった。

「どうやって下りる?」ビショップが訊いた。

励子は装備品のフックを出してコンテナ上面に固定し、ワイヤを下へ垂らした。

「先に行く」

Zコートの下から出て、ワイヤをつかんで飛び降りた。ときどきワイヤを強く握って減速する。

ビショップの降下は時間がかかった。ワイヤをしっかり握り、励子のように滑って下りない。

ようやく地面についたビショップに、励子は眉を上げてみせた。ビショップは弁解がましい顔だ。

「なんだよ」

倉庫の入り口には兵士が警備に立っている。しかし手もとの電卓を見ていて注意散漫だ。

「まかせろ」

ビショップが声を出さずに口を動かした。荷箱に隠れてこっそりと背後から近づく。励子は掩護《えんご》のために麻酔モードにした拳銃をかまえた。

ビショップが背後から兵士をつかもうとしたちょうどそのとき、靴がプラスチックゴミを踏んで音をたてた。兵士はくるりと振り返り、お見合いする格好になった。両者が固まっているときに、励子は兵士の胸を狙って撃った。

弾はアーマーを抜いたが、麻酔はすぐには効かない。ビショップはその顔面に拳を叩きこんだ。あおむけに倒れたところにおおいかぶさり、二発目をいれようとしたときには、兵士はすでに意識がなかった。

「助かった」ビショップは礼を言った。

「無用な手出しで失礼」励子は皮肉っぽく微笑んだ。

ビショップは兵士の腕をつかんで倉庫の扉から物陰に引っぱりこんだ。

「見かけより重いな」

「たぶん機械義肢のせいよ。筋力をおぎなうためにたいていの兵士は体を人工的に強化している。軍服を脱がすから手伝って」

軍服は励子には大きすぎたが、自動調節機能でぴったりのサイズになった。毛深い男で、何週間も洗っていない服は臭い。不快だががまんした。

ビショップは兵士をロッカーの一つに押しこんで隠した。電卓を自分のと近づけて接続し、内容をのぞく。

「おもしろいデータがある？」

「あまり。ロサンジェルスのほかの機甲軍兵士と、都市防衛隊のパトロールルートについて話した暗号通信記録が二件ある」

「パトロールルートを知りたい理由を説明してる？」

「してたら謎解きがつまらなくなる」

「つまらない解決でいいのよ」

倉庫にはいると最初のメカが見えた。組み上がっているのは上半身のみで、脚部はまだない。頭部は見慣れない新形状だ。ベースはリバイアサン級らしいが、より曲率の大きいデザインになっている。ＢＰＧの専用配線の種類からみて出力は大幅に増強されているようだ。別区画にあるはずの装甲も確認したい。

多くの疑問が浮かんでくる。フロアにいる兵士たちは組み立て作業に忙しく、軍服姿の励子やＺコートのビショップには気づいていない。

「どんなメカだ？」ビショップが訊いた。

「見たことがない種類」

「戦闘用か？」

「そのようね。頭部形状からブリッジのおおまかなレイアウトと耐爆設計が読みとれる」

「どうなってる？」

「チタン製で、全種類のセンサーが頭部におさまってる。ブリッジは五人乗り。狭いけど軍用機では普通よ」気になる部分があった。「ハッチと装甲の配管形状が見たことのない設計ね」

「どんなふうに？」

「まるで液体の外層を持つことを前提としているような。どういう仕組みなのかしら」

近くから見てみたい。人体骨格を思わせる、胸郭や鎖骨に似た形状がある。甲冑をモデルにした従来のメカとは設計思想がまったく異なる。

ふいにブラディマリーが犯行声明のビデオで語ったことを思い出した――『その戦争の恐怖を臣民一人一人に実感してもらうことにした。防壁の内側にいても安全でないことを教えてやる。いやならロサンジェルスから脱出しろ。こちらは民間人も軍人も区別しない。いずれも有罪だ。今日の爆弾は小手調べだ。本物の戦争は明日からはじめる』

「彼らはロサンジェルスを攻撃するつもりなのよ」励子は言った。

「LAのどこを」

「全域よ」

ビショップは身をこわばらせた。

「このメカがロサンジェルスを襲ったら、どれだけの被害が想定される？」

「兵装を見ないと断言できないけど、あの三人が操縦するのならかなりの破壊が可能だと思う」

「義妹と姪にメッセージを送らせてくれ」

「どうぞ」

ビショップはメッセージを送信しようとしたが、最後は悪態をついた。

「つながらない」

励子は隅で放置されているレイバー級をしめした。

「思いついたことがあるんだけど」

「言ってみろ」

「このままメカを組み立てさせるわけにいかない。だからあれで阻止する」

「俺もおなじことを考えた」

励子はレイバー級を見上げた。

「応援は呼ぶ？」

「ひと暴れしてから呼ぼうぜ」

「賛成」

「このレイバー級は動くのか？」

「きっと動く」

レイバー級に近づいた。古いモデルで、多少手荒に使われた跡がある。胸郭上部にブラ《B》ド《P》リウム粒子生成炉《G》がおさまり、整備員二人がすわる狭い機械室もある。人型ではあるが、どちらかというと建設機械に近い。

前面のラダーを上がって頭部のブリッジにはいった。セキュリティでロックされていたら万事休すだったが、さいわい機界の不正アクセスを防ぐ接続制限だけだ。この制限もバークリー時代に同期生たちをあきれさせた乱暴な方法で回避できる。制御プログラム全体を工場出荷状態にリセットするのだ。他人がいれた追加機能も設定もすべて消える。むしろそのほうが好ましい。ほかのユーザーによる操縦系カスタマイズやカメラ設定や手足の動作感度データが残っていると、他人の服を着ているような違和感がある。

ＢＰＧが始動し、ブリッジに電力が来た。旧式のブリッジで、操縦系に高度な機械増強は組みこまれていない。何本もはえたレバーとずらりと並んだボタンでメカを動かす。機械的な不具合の有無を診断系で確認した。一部に要整備の回路があり、左腕が正常に動かない。そのせいで使用休止中らしい。しかし胸のエネルギー源からの送電経路を鎖骨下の配線に変更してやると、動くようになった。主経路に障害が出た場合の予備経路だ。

レイバー級は暖機に二分かかる。そのあいだに各関節の動作確認をした。前後の回転、上下の伸縮。腕は意のままに動く。インターフェースをあらためて見て、この機体の個体名が南《な》雲《ぐも》號であることがわかった。頑丈で、今回の仕事にはぴったりだ。

「俺はなにをすればいい？」あとから乗りこんできたビショップが訊いた。

「コミュニケータで騎兵隊を呼びつづけて。義理の妹さんにも連絡して」

レイバー級は腕が交換可能な設計になっている。標準仕様の手を、磁石、クレーン、パワードリルなどに交換できる。現状の南雲號の右手はドリルで、左は標準の手になっている。

励子は組み立ての進んだメカを見て、躊躇した。任務遂行に疑問はないが、メカの破壊はためらってしまう。とりわけこんな美しい最新型は。

ひとまずビショップに質問した。

「呼びかけに反応はある？」

「非常事態を知らせる一斉送信はやった。反応はないけど送るだけ送った」

「義理の妹さんは？」

ビショップは首を振った。

「つながらない」

「しっかりつかまって」

南雲號を一歩前進させた。レイバー級は慣れたイナゴ號より重い。感覚をあわせるのにしばらくかかった。

動きだしたことでフロアの作業員たちの注目が集まった。もうあともどりできない。組み立て中のメカに近づき、まず頭に、続いて胸に拳を叩きこんだ。仮留め状態だった腕は簡単にはずれてフロアに落ちた。もう一発いれると胴体がくぼみ、配線がちぎれた。メカをささえる構造が壊れてあおむけに倒れ、背後のコンテナをつぶした。南雲號は腕のドリルを回転させ、頭部にねじこんでブリッジを破壊した。

さらに胸にドリルで穴をあけていると、粘液質の物質が漏れてきた。バイオメカの皮膚に似ている。粘液は侵襲に反応して急激に硬化し、ドリルのビットは途中から折れた。励子は拳で粘液層を突き破ろうとしたが、かえってこちらの指がゆがんだ。

「この新型、どうやらバイオメカ技術が組みこまれてるわね」

「なんだって？」

「皇国最先端のメカと、ナチスの最先端のバイオメカをかけあわせる。最強メカのできあがり」その意味するところは明白だ。「皇軍は太刀打ちできなくなる。完成前にほかのも壊さないと」

南雲號は立ち上がった。ドリルが折れ、手が損傷していても、組み立て途中のメカなら破壊できる。

しかし倉庫から出ようとすると、べつのメカが近づいてきた。いま破壊したメカとは異なる。これは渡部プリスの愛機、シグマ號だ。

「このメカは見たことがある。渡部将軍だな」ビショップが言った。

将軍搭乗機シグマ號は真っ赤な塗装で、外見からも敵を寄せつけない威圧感がある。頭部は象に似て、牙はくるりと反っている。チタン製の胸甲は肋骨のような形状で、四肢は極端に太い。手足の関節と肩パッドからは太いとげがはえ、前腕には攻撃用のブレードがついている。最大の武器は両手持ちの巨大なチェーンソーで、融合剣は鞘におさめたままだ。伸縮性の長い鼻の先にも刃がついていて、不用意に接近した敵を切り裂く。

「戦って勝てるか？」

ビショップに訊かれて即答した。

「無理。でも見逃してほしいと頼んでみる」

「見逃してくれるか？」

「やってみる」

音声のみの接続要求をシグマ號に送った。渡部プリスの姿がコミュニケータにあらわれた。

「レイバー級の操縦系が不具合を起こし、制御できませんでした」励子は嘘の弁明をした。

「ウイルス感染かもしれません。助けをお願いします」

返事はない。かわりにシグマ號はチェーンソーをまっすぐ突き出し、南雲號の両腕を切断した。返す刃で南雲號の機関部をつらぬき、逃亡を防いだ。さらに頭部にチェーンソーをあて、首を切り落としはじめた。ダンスのように華麗な動き。ただし殺されようとしているのは励子だ。

励子は座席を強くつかんだ。ビショップも座席に固定されている。ブリッジが急激に胴体内に落下し、内部の床に叩きつけられた。衝撃吸収フォーム材がブリッジに展開されてショックをやわらげる。しばらく身動きできず、励子とビショップは視線だけをかわした。ビショップは無言だが、両手は動いてコミュニケータでメッセージを送りつづけている。

やがて状況は変化した。メカ頭部の側面に穴があけられ、数人の兵士がはいってきた。銃を突きつけられ、励子とビショップはベルトをはずして、兵士たちとともに機外へ出た。

シグマ號のほうは開いた膝パッドからラダーが出て、二人の女性が降りてきた。一人は渡部プリスだとわかる。人種は日系人。頭を丸め、眉も睫毛《まつげ》もない。隣の女は背恰好がブラディマリーと一致する。白い革のパイロットスーツを着て白いヘルメットで顔を隠している。

「守川《もりかわ》励子か？」渡部は言った。

「渡部将軍」励子は答えた。

「メカタウン以来、数年ぶりだな」

「はい」

「なぜメカを破壊した」

「それについては、なぜこれらを組み立てておられるのかと質問しなくてはなりません」

励子は負けじと言い返した。

「多《た》村《むら》大悟《だいご》総督の死にまつわる隠された真相を知っているか？」

「真相とは」

「暗殺についてだ」

「暗殺はテロリストが——」

「黙れ、たわごとを言うな」渡部は軍刀を抜いてビショップの首に突きつけた。切っ先が接したところから一筋の血が流れる。「もう一度訊く。前総督の死亡の状況を知っているか？」

励子はビショップを横目で見た。その表情には困惑が浮かんでいる。

「はい」励子は答えた。

「では現政権が正統性を欠いていることも理解しているな。山崗《やまおか》総督が政敵や多村総督の支持者をどう始末したかも知っているか？」

「支持者の最期は当然の報いです。国をナチスに売ったのですから」

「わたし自身は前総督の支持者ではなく、暗殺の是非をうんぬんするつもりはない。しかし山崗総督はわたしの父母をとらえて豚の檻にいれ、生きたまま海に投じた。百人の公職者とともにな」

「そ……そんなことをするはずありません」

「わたしは皇国臣民として両親の死を受けいれた。多村総督の死について虚偽の説明を信じこまされていたからだ。両親は薬物によって安らかに死亡したと聞かされた。ナチスに国を売ったのなら断罪はやむをえない。しかし現在の理解は異なる。両親はナチスと結託したゆえに殺されたのではない。権力維持のためだ」

「だれの？」

「むろん、山崗総督のだ」渡部将軍は言った。「伝統は強さだと信じてきた。しかし臣民を屈服させる鞭にすぎなかった」将軍は隣のブラディマリーをしめした。「彼女が真実を教えてくれた。わたしはもう〈戦争の息子たち〉の一員ではない。きみも理性があるならこちらに加わるべきだ」

励子は暗殺決行の夜のことを思い出した。一方でアルバラード銭湯の多数の犠牲者も頭に浮かんだ。

「ご両親についてはお悔やみ申しあげます。存じませんでした。しかし主義主張のために無辜《むこ》の臣民を害するテロ組織には参加できません」

渡部はうなずいた。

「やはりおのれを縛る鎖が見えないか」

軍刀を振り上げ、二人の首を落とそうとした。まずビショップからだ。しかしブラディマリーがあいだにはいって制止した。

「この男はやめろ」

「生かしてはおけない」渡部将軍は言った。

「目的にかなうなら生かしてもいい」ブラディマリーは励子とビショップにむきなおった。

「奇妙な組み合わせの二人だな。どちらも過去に助命されたことを感謝しにきたのか？」

「銭湯で何百人も殺したくせに！」励子は叫んだ。

「一人殺すのも千人殺すのもおなじだ。無辜の臣民というのがそもそも空想の概念だ」ブラディマリーは背すじを伸ばし、嘲笑的な演説者然として話しだした。「われわれはこれより大規模な残虐行為をおこなう。偉大なわが国の復活のためだ！　この暴力から目をそむけるとはなんたる悲劇。そうして得るのはなんだ？　時間を無駄にする自由か？」

　励子はげんなりした。

「社会に訴える暗殺者。めずらしいわ。不平不満があるなら、わたしたちに言わずにソーシャルで書き散らせばいいのに。みんなやってるでしょう」

　ブラディマリーは笑った。

「口をつつしめ！」渡部は怒鳴って励子を蹴った。

「かまわない」ブラディマリーは言った。「ソーシャルのアカウントはある。たまには投稿もする。しかし架空のアバターを介した機界のやりとりより、行動を直接見せるほうが影響力は大きい」

「見せているのは行動ではなく犠牲者よ」

　ブラディマリーの声には愉悦の響きがあった。純粋に楽しんでいる。この会話をではない。この状況全体に刺激を感じているのだ。

「自分は高潔なつもりらしいが、実際には開戦寸前の行動に加担したことを理解しているのか？」

「いつ、どこで？」

「テクサーカナで八人の政治的要人が暗殺された件だ。山崗総督はブラディマリーに責任をかぶせようとしたが、もちろん濡れ衣だ。山崗はナチスとの戦争を望んでいる。そこで諸君を責任者にしたてようとした」

　励子は大声で否定したかった。しかしできない。否定できるだけの確信がなかった。

　ブラディマリーはおもしろそうに続けた。

「納得したようだな。それでも忠誠をまげないのか？　道理がわからないか？」

　渡部プリスがビショップを詰問した。

「どうやってこの場所を知った？」

「特高ははじめからここを把握している」

　ビショップは嘘をついた。ブラディマリーはため息をついた。

「だれがしくじったのかわかっている。杉元を連れてこい」

　兵士たちが杉元スタンリーを引っぱってきた。大きなベルトに、マグロ用の手鉤、定規、ハンドライトを差している。

「尾行がついていたぞ」

ブラディマリーは抑揚のない声でビショップと励子のことを言った。

「申しわけありません。ちょっと市場にもどってマグロの品定めをしていました。その女はわたしの足を撃ったんですよ」

ブラディマリーは杉元の足首を調べた。そして本人のベルトから手鉤を抜き、鋭い先端を傷口に容赦なく叩きこんだ。杉元は悲鳴をあげ、悪態を吐き散らした。

発信機を壊したブラディマリーは、励子に言った。

「これでたどってきたようだな」杉元に目をもどす。「見ても見えない目なら、いらないな」

手鉤の先端を今度は杉元の右目に打ちこみ、眼球をつぶした。さらに額に何度も叩きこんで殺した。

兵士たちはビショップと励子をかこみ、射殺しようとかまえた。しかしブラディマリーは止めた。渡部が抗議した。

「こいつらはシュペーア號を破壊した。生かしておくと通報されます」

「それでいい」ブラディマリーは言った。「ここで知ったことを大衆に伝えろ。そうやって機界の煉獄で焼かれればいい」

「機界の煉獄?」

「いずれわかる」

「目的を教えなさい」

励子は攻撃を準備しているメカをしめした。かわりに渡部が答えた。

「まだ理解できないのか。わたしたちは多くの戦闘に参加した。なんのためか。人類の栄光のためだ。多村総督が死んで状況はよくなると期待した。しかし結局、山崗もおなじだった」

「総督にも充分な時間を……」

「時間はやった」渡部は強く言った。

ビショップが口をはさんだ。

「俺も質問していいかな」

ブラディマリーは首を振った。

「質疑応答は終わりだ」

「彼女の質問だけ答えるのは卑怯だ」

「では一問につき手足を一本もらう。最初はどれだ」

ビショップは口をつぐんだ。

ブラディマリーと渡部将軍は赤塗りのシグマ號にもどった。

励子が言った。

「まさかとは思うけど、訊こうとしたのは本名？」

「よくわかったな」

「ばかじゃないの」

「自覚はある」

二人は見つめあった。話すのはこれが最後かもしれないと思うと、励子は急に寂しくなった。

ビショップが言った。

「生きて再会できたら、伊勢志摩に連れていって本場の伊勢うどんを食わせてやるよ」

「昨晩のは気にいらなかったってこと？」

「ロサンジェルスにしては上等だった。でも父は本土へ旅行するたびに一番いい店に連れていってくれたんだ」

兵士が二人に注射器を刺した。励子は意識が遠くなった。

2

気がつくと、励子は点滴チューブにつながれて横たわっていた。隣にも全身を包帯で巻かれた女が一人寝ている。その脇にはガラス容器があり、液中に肝臓が浮いている。ガラスケースには凍った手足が何本かある。室内全体に浄化槽洗浄薬と消毒用アルコールのにおいが充満している。なのに床は衛生的でなく、血だらけで人体組織がちらばっている。

ここは倉庫だ。励子の腕は動けという脳の命令にしたがわない。立とうとしても脚が反応しない。

「ああ、ようやく目覚めたね」

サージカルマスクをした男が言った。手にした血まみれの臓器をテーブルにおく。

「これからいくつか質問するよ。質問というより確認だ。正直に答えれば経験する苦痛をできるだけ少なくしよう。まだ声は出ないから、まばたきで答えてほしい。イエスは一回、ノーは二回だ。簡単だろう。まず第一問。血液型はA型かい？」

励子はどこの病院にいるのか訊きたかった。しかしあきらめて、二回まばたきした。

「よくできたね。きみはA型じゃない。これは会話を理解しているか確認するための問いだ。状況に困惑しているだろう。心配いらない。悩まないほうが結果はいい。きみの家族に医者の手に負えない重大な疾患を持つ人はいたかい？」

二回まばたきした。

「よろしい、よくできた。ここからは難しい質問になるよ。きみの個人ファイルにアクセスできなかったんだ。全部機密扱いになってる。きみは政府職員だね。これは質問じゃない。そうなのは知ってる。知りたいのは次のことだ——臓器などの体の一部を交換したことはあるかい？」

励子は思い出そうとした。しかし記憶があいまいだ。

かわりに医師の隣の看護師が言った。

「それはあとでいいわ。あなたの両親の記録を読んでいるところよ。反逆罪を犯し、ナチスを利する言動があったとされているけど、これは事実？」

励子は怒って首を振った。両親の名誉は完全に回復されている。そう叫びたかった。

白衣に蛇の鱗をつけた医師が言った。

「まだ効きが浅いね。もう少しやって。責任は僕が」

看護師はなにかを励子の頭にあてた。左右のこめかみに鋭い先端を感じたと思うと、全身に電気が流れた。

臓器や四肢を売買する闇医者だろうか。こういう状況の訓練を受けたはずだ。どうすれば脱出できるか。

医師は赤く光る鋭い刃物を手にした。励子の両腕を体と直角になるように広げて固定する。

「この義腕は高級品だね。肩との接合部にずいぶん傷痕がある。どこで負傷したんだい？　大丈夫。もう話せるはずだ」

「な……なにをしてるの？」

「きみの感情、記憶、感覚を記録しながら手術をする。抵抗してもいいし、しなくてもいい。重要なのは真実性があること。それがあればサイバーバブルに記録して客に体験させられる。演技しても、それも記録されるからね」

「手術……？　サイバーバブル……？」

「きみの腕を切除して隣の患者と交換するんだ」横たわったもう一人の女をしめした。「彼女は染色体が突然変異しやすい異常体質で――」

頭のなかに複数の記憶が浮かんだ。まるで自分の過去を場面ごとに並べた商品棚。あるいはさまざまな謎の混合体だ。両親は娘をよく理解してくれた。ペーパーテストの点数を気にせず、好きなことを追求させてくれた。評点は関係ない、おまえが好きなことをやれと。

地面を破ってメカがあらわれた。それは母の姿をしていた。メカは分裂して一方は父になった。父は歌舞伎役者のように片脚立ちだ。両親は飛び上がって大きな鶏《にわとり》の背に乗って飛んだ。ところが悪い鶏がたくさん集まって、両親が乗った鶏を空から落とそうとしはじめた。うるさい鳴き声が地球を満たした。

励子は両親に助言した。

「耳を貸さないで！　聞かなくていいのよ！」

しかしすべて消えた。かわりにだれかがこちらへ歩いてくる。はじめは人間くらいに縮んだバイオメカに見えた。巨大な斧を引きずっている。持ち上げるのも大変そうだ。励子は退がろうとしたが動けない。見ると両脚がコンクリートのブロックに埋まって固まっている。あわててブロックを拳で叩き、のがれようともがいた。人影は近づく。最悪の予想をした。斧を地面に引きずる音が耳ざわりだ。

バイオメカではなく、ブラディマリーだった。顔につけた面からブーツまで全身が血染めだ。励子は襲われると思って身がまえた。その返り血は電卓映画のように黒っぽい。真っ赤ではなく、有機素材のスーツに染みて黒ずんで見えるのだ。

しかしブラディマリーは励子を見ずに通りすぎた。その先に数百人の人間が地面に倒れてぐったりしている。励子は大声で警告した。

「逃げて！　早く逃げて！」

ブラディマリーは巨大な斧を持ち上げて振りはじめた。あたった人間は霞《かすみ》と化して消えていく。

「やめて！　お願いだからやめて！」

ブラディマリーは耳を貸さない。容赦なく人間を黒い霞に変えていく。人間たちは悲鳴をあげず、無言だ。口をあけても声帯は震えない。歯は腐って抜け落ち、喉の奥は油のように黒い。

群衆の中央に励子の両親がいた。鶏の背から落ちたのだ。ブラディマリーはまっすぐそこへ歩いていく。励子は両親に逃げてと叫ぼうとした。

ふいに、ブラディマリーも人間たちもかき消えた。

天井が見える。鼠と象の模様がある。

隣を見ると、医師がもう一人の女に手術をしている。いままでのは幻覚か。いや、体に埋めこまれた化学的防御機構が働いたおかげだろう。

励子が機械義肢を取り付ける手術を受けたとき、化学的補助装置をインプラントすることをすすめられた。ある閾値《いきち》以上の外的物質に自動的に対抗するものだ。軍人にはこの装置が推奨されるが、拒否する者も多い。精神障害を引き起こすという科学的根拠のない噂がその理由だ。

意識を回復しながら、励子は噂にまどわされずに化学的防御機構を導入しておいてよかったと思った。とはいえ急いで手を講じないと、ふたたび意識を失ってサイバーバブルの夢に閉じこめられてしまう。あの悪夢の先はどう展開したのだろう。サイバーバブルはなにを経験させるのだろう。

医師は隣の女の手術を続けている。電動カッターの回転音、女の悲鳴、鋸刃《のこば》が骨を削る不快な音……。麻酔を使っていないのか。麻酔なしの手術という苦痛体験を、金を払って体感したがる人間がいるのか。

考えると怒りが湧いてきた。体に力がみなぎる。拘束具をかけられているが、ナイフドローンを起動して射出して切ればいい。まだ望みはある。

ラジオで音楽が鳴っている。バイオリンの旋律が駆けめぐり、オーケストラの伴奏と耳のなかで衝突する。

励子は自由になるために抵抗をはじめた。

第二部　血染めのメカによる革命

若名ビショップ
ロングビーチ

1

ビショップは睡眠が嫌いだ。無意識が手《た》綱《づな》を切ってあばれだして危険だからだ。ブラディマリーの兵士に幻覚剤を注射されても眠るまいとした。

「ブラディマリーはどこにいる？」

遠い過去からの反響が聞こえた。顔を上げると、人骨を組みあわせた鉤十字が見えた。

「知らん」

「名前は？」

ナチスの士官は訊いた。髪は火がついて燃えている。肌は半透明で、顔の奥の骸骨が透けて見える。

「若名《わかな》ビショップだ」

「軍ではなにをしている？」

「お……俺は農業調査員だ」

「嘘をつくのか、若名ビショップ？」

「う……嘘じゃない。俺は農業調査員だ」

「そうか。わたしは嘘つきが一番嫌いだ」

鞭打たれた。殴られた。歯を一本ずつ抜かれた。まぶたを閉じられないように針金で固定された。質問がくりかえされた。

「おまえの任務はなんだ？　ブラディマリーはどこにいる？」

こちらを見下ろしているのは、じつはナチスではなかった。医師と看護師だ。マスクで顔は見えない。彼らが知りたいのはブラディマリーの居場所ではない。ブラディマリーの指示でここへ来たのだ。

ふたたび視界がぼやけた。天井のあちこちで黒いしみが動いている。不定形のスライムの集合体だ。ビショップが弱って無防備になったらおなじ黒いしみに変えようと待っている。ビショップは歯を食いしばった。喉へ伸びる手がある。息の根を止めようとしている。目を閉じて、もう一度あけると、手は消えていた。

　壁をつたって水がしたたり落ちている。緑色の粘液で刺激臭がする。吐き気がした。気持ち悪くてめまいがする。地震で床が波打つ。部屋全体が回転している。床のタイルが、これまでビショップが埋めた死体の顔になっている。目を閉じて視線をさえぎった。ふたたびナチスにとらわれる。いままでの経験を嘲弄される。

「ブラディマリーはどこにいるのか、それだけ話せばいい」

　質問された。しかし過去からの声だ。そこで答えた。

「知らん。なにも聞いてない」

　ゆっくり回転する部屋にいれられた。床に倒れるたびに回転感が強まり、頭がぐるぐるする。目をあければ回転は穏やかになる。速度変化は妄想の一部か。注射された薬物のせいでありとあらゆる妄想が掘り起こされる。

　いつからナチスの拷問を受けているのだろう。蚊の部屋を思い出した。真っ暗ななかに閉じこめられた。なにも見えず、蚊の羽音だけが聞こえる。全身を刺されて二、三時間後にはありとあらゆるところがかゆくなった。しかし鎖で縛られているので掻けない。血を吸いつづけられて失血死しそうだ。人間一人分の血を吸いつくすのに何匹の蚊が必要だろう。媒介する伝染病のほうを心配すべきかもしれない。どうにかして蚊を殺したい。うとうとするたびに羽音が耳もとで鳴る。いつまで蚊といっしょに閉じこめられるのか。

「ブラディマリーはどこにいる？」

だれかがまた訊いた。なぜそればかり訊くのか。彼女の任務がなんだったのか知らないが、とうに完了しているはずだ。

全身がかゆい。小さな虫に血液を奪われていると思うと腹が立つ。ブラディマリーの行き先を話せばいいではないか。簡単だ。

「子どもがほしいか？」ナチスが訊いた。

「考えたことはない」

「子どもがほしいと思ったことはないか？」

「ない」嘘をついた。

「あるはずだ。死が怖くないのはわかった」全身の傷や骨折を見まわしてナチスは言った。

「では未来はどうだ？」

「未来？」

「反抗を続けるなら精巣を不妊化する。妻にどう思われるかな」

既婚者だとなぜ知っているのだろう。

「妻などいない」嘘で切り抜けようとした。

「結婚していると話していたぞ」

「いいや、未婚だ」

「嘘をつくのか。嘘つきは嫌いだと言ったはずだ。妻は子どもをほしがっていると話した」

家族の話をしただろうか。子どもは三人以上ほしいと話したのか。なにを話し、なにを話さなかったのか記憶がないが、それは本当だ。幼いときに父を失ったビショップは、子ども時代に持てなかった家族を求めていた。

ナチスは不妊化銃を手にして選択を迫った。

「やめろ」

「ブラディマリーはどこにいる？」

ビショップは不妊化銃をにらんだ。すでになにもかも奪われている。このうえ子どもを持つ機会まで奪われるのか。

ナチスは迷う表情を見てとった。

「最後のチャンスだ。ブラディマリーへの忠誠を守って、自分の大切なものをすべて失っていいのか？」

話してしまいたかった。いつか脱出して妻と子どもたちと暮らすという希望にしがみつきたかった。喉もとまで出かけた言葉を渾身の力で抑えた。たとえブラディマリーを裏切っても結局は殺されると考えて、ナチスの顔に唾を吐きかけた。弱気のときに毅然とした。不妊化銃の動作は穏やかだった。宝石のような先端からまばゆい光と熱を発し、一分ほどで終わった。

ナチスは不本意ながら一抹の敬意をこめて言った。

「秘密を守るために本当にすべてを捨てたわけだ。これでもうきみに子どもはできない」

その夜はひどく殴られた。しかしどうでもよかった。生涯の希望の一つを奪われたからだ。正気でいたいとも思わなかった。いまビショップは、無意識を過酷な現実として投影する幻覚剤を大量に投与されている。時間を超え、妻のフェリシアと対峙していた。結婚生活の将来をだいなしにしたと強くなじられた。

「どちらか選べと言われたそうじゃない」妻は言った。

「だれから聞いた？」

「だれでもいいでしょう。言われたの？」

怒った妻と目をあわせられず、白状した。

「言われた」

「話せと命じられてなぜ話さなかったの？　みんな話してるのに」

問いつめられ、憤然と反論した。

「なにが悪い。俺がなにをされたと思ってるんだ。ありとあらゆる拷問と辱《はずかし》めを受けた。それでも負けを認めたくなかったんだ！」

「家族のためだと思えばできるでしょう」

家族か。父はどうだったか。なんのために死なねばならなかったのか。

フェリシアは気性がはげしかった。ビショップもおなじだ。夜通し怒鳴りあった。アパートメントの警備員が何度も来て、隣近所から苦情が出ていると言われた。それでもフェリシアは怒鳴った。

「退役軍人恩給をもらってもぎりぎりの生活よ！　こんな安アパートにいつまでも住んでいたくない。外は強盗におびえて歩くような地区で、トイレはすぐ詰まるし、温水はしょっちゅう出なくなる。エレベータは毎週のように故障して、痛い膝をがまんして階段で十四階まで上り下りするのはうんざり！」

「警察にはもどりたくないんだ」

「どうしてもどりたくないの？」

声が訊く。元妻の声ではない。励子の声に聞こえる。

「毎日死体を見るのはうんざりだ」

テクサーカナ侵攻作戦では毎日死体ばかりだった。メカのサイレン號の機上から見るとおもちゃの兵隊のようだった。ロケットパックで飛ぶと蟻が戦っているように見えた。

「好成績だ」医師が言った。ただしナチスの医師ではない。「きみのサイバーバブルはこの三時間でサイト最高のトラフィックを稼いでいる。すばらしい出来だ。みんなきみの過去に注目している。異様なほど明晰だ。機械増強や記憶記録を使わずにこれほど鮮明な過去にダイブできるものはほかにない」

「過去のいつ？」ビショップは訊いた。

「ナチスの収容所の場面だ。視聴者は細部まで見たがる。きみの記憶はなぜか顔がブロックされている。それでもかまわないが、なるべく詳細に思い出してくれるとありがたい。視聴者は敵の存在を好むからだ。妻との口論もいい。ドラマと状況に迫真性と感情をあたえる。しかし、そこまでして守っているのはいったいなんだ？　最後に大きな秘密の暴露があれば評価はさらに上がり、スポンサーの広告料がたっぷりはいってくるだろう。ただし、きみを解放してやることはできない。それは問題外だ。それでもスポンサーが充分についで記憶に織りこめたら、完全な著作者の地位がきみに認められるかもしれない。そうなれば人々が有料で楽しんでいるさまざまな経験やジャンルをきみも楽しめるようになるし、それ以上の提案もできる。きみの嗜好にあう快楽をね」

スポンサーと聞いて、またフェリシアのことを思った。かなえてやれなかったさまざまな希望を考えた。どれも基本的なものだが、家さえ買えなかった。首都ロサンジェルスは不動産価格の高騰でとても無理。ダラス都会なら警察に勤められるが、ビショップ自身がやりたくない。そのことがフェリシアを怒らせた。

「むこうなら安く家を持てるのよ。ＭＥＺエンタープライズが販売する住宅なら当初負担が軽い返済方式でローンを組める」

しかしダラス都会は沈黙線に近すぎて安心して暮らせない。無理に住んでも、家族のために最良の生活場所を選べない自分が不甲斐なく感じるだろう。

「ナチスの命令どおりに話せばよかったのに」

またフェリシアの声が聞こえた。あの決断が正しかったのか何度も考えた。なぜブラディマリーの居場所を白状しなかったのか。ほかの兵士は話して、生還後もＵＳＪ当局からなんら処罰されなかったのに。

ビショップの両手両足は四方向に開かれ、それぞれナチスのオートバイにくくりつけられた。八つ裂き刑の現代版だ。

「オートバイが動きだしたら手足がちぎれるまで止まらないぞ！」

改良に改良を重ねた処刑法をナチスはいくつも用意していた。スカフィズム（ボートの上で沼地の虫に全身を食わせる処刑法）から各種の引き裂き刑まで、尋問者は微にいり細をうがって説明した。

「われわれの医学技術を使えば、殺して、蘇生させて、また殺すことができる。千回も死を経験できるぞ」

死とはなにか。肉体の終わりか。それとも霊魂にも終わりがあるのか。幽霊となって蘇り、復讐の念に燃えて地上をさまようのか。それとも肉体が終われば生命はついえるのか。ナチスの尋問者の背後に黒い人影がいくつもあった。こちらを見ている。無数にいる。顔はなく、体はぼやけている。視線だけを強く感じる。たんに肉体を見ているのではない。なんらかの方法で脳をのぞき、感情を観察している。間仕切りかなにかほしかった。しかしこちらは鉄枠に縛られている。背中の皮膚は電撃で焼かれて炭化しつつある。

突然、励子があらわれた。こちらへやってくる。

「な……なぜおまえがここに。いちゃだめだろう！」

励子はビショップの手足の拘束を解きはじめた。

「これは現実じゃないのよ」

「どういうことだ」

「ここはサイバーバブルのなか。違法で悪徳な使い方がされてるようね。設定をいじって、あんたを見てる人たちをアバターとして可視化した。脳の奥深くに接続してるから、強制的に切断するとバブル精神症と呼ばれる重い精神障害が残ってしまう。自然に目覚めれば無事に帰還できる」

「なんのことだ。これはぜんぶ偽物なのか？」

「救出にきたのよ、ビショップ。目覚めて」

救出？　過去にもそう聞いたことがある。ナチスが偽の救出劇を演じたのだ。偽のロケットパック隊が突入して、救出されたと信じこませようとした。そしてビショップに訊いたのだ。

「任務は成功したのか？　ブラディマリーは目標を達したのか？」

ビショップは訊き返した。

「任務？　ブラディマリーの目標？」

「知ってるはずだ」味方を演じるナチスは言った。

「知るもんか！」ビショップは叫んだ。

その後、本当に救出されたが、今度は子連れの夫婦を見て落ちこむようになった。友人と会っても子どもの話ばかりでうんざりする。写真やビデオを見せられ、おかしなエピソードを聞かされても笑えない。見てくれ、うちの子が初めて犬をなでたんだ！　息子がメカパイロットのコスプレをしたんだ、かわいいだろう！

　妻はいつも子連れの家族をうらやましそうに見ていた。それを見て自分が腹立たしく情けなくなった。

「居場所は知らない」

　シャワーを浴びながらよく独り言を言った。だれと話してるのかとフェリシアから訊かれた。

「昔のことよ」だれかが言う。また励子の声だ。「いやな記憶が蘇ってるだけ」

「昔じゃない！　ブラディマリーの居場所は知らないんだ。俺に訊くな！」ビショップは叫んだ。

「居場所なんてどうだっていい！」

　励子も声を大きくして、電撃拷問台から拘束をはずしている。

「じゃあなんの用だ」

「手を貸して」

「手？」

「いっしょに逃げるの」

　励子にそっくりだ。本人だろうか。それとも記憶を読んで投影しているのか。フェリシアを知っているナチスなら励子も知っていておかしくない。

励子の手が伸びて、ビショップの手をつかんだ。もう本人と区別がつかない。ついていってもかまわないだろうか。手を握りかえすと、どこかへ引っぱられる感じがした。

気がつくと、知らない通りにいた。近くに巨大なバイオメカがそびえている。ビショップがテクサーカナ郊外で戦ったものより背が高く、星空に届きそうだ。そんなことが物理的にありえるのか。見ていて怖い。

「こ……ここは？」

訊いてから、励子が玄関口でおびえているのに気づいた。危なくないと慰めてやりたい。しかし励子の体はエネルギー障壁のようなものにおおわれて近づけない。そびえるバイオメカはすべてを破壊しながら迫ってくる。怖いというより混乱した。

「励子、これはカンザスでのおまえの記憶か？」

カンザスという言葉に反応して励子がこちらを見た。とたんに二人ともどこかへ移動した。

室内だ。散らかっている。励子は苦痛に耐えている。腕が動かない。片腕のほぼすべてが機械義肢におきかえられ、それでも残る痛みに苦しんでいる。

「どうしたんだ？」ビショップは訊いた。

「腕が……腕が動かない」

「なぜ動かない」

「攻撃のせい。神経が傷ついて、それで……」

ふたたび周囲が切り替わった。ラボか、職場かよくわからない。パーティションで仕切られたオフィスがいくつも並び、人々がメカの部品を設計している。励子もそこに一人でいる。なぜか思考が読みとれた。腕の痛みがぶり返すのが怖い。まわりの設計者たちは優秀でメカの図面をどんどん引いていく。励子はそれができない。カンザス大虐殺で受けた傷による慢性神経痛のせいだ。作業割りあてを減らしてもらっても、締め切りを守れないことがしばしばある。同僚たちの頭の上に大きく輝かしい王冠が見える。励子の腕は粗末な木の棒に見えてくる。

「ここはわたしの居場所じゃない。かっこいいメカを設計したかったけど、もうできない……」

ふいにべつの室内に移動した。床にメカのおもちゃが散らばっている。少女が一人で遊んでいる。口で爆発音をたてながら戦わせている。幼いころの励子か。室内を見まわすと、有名なメカ戦の報道写真や、それを題材にした映画のスチル写真が壁に貼られ、大小のメカのフィギュアが飾られている。急に何年も時間が進み、励子は成長した。あいかわらずメカのおもちゃで遊んでいるが、壁に貼られているのは励子自身が描いたメカの絵だ。驚くほど上手で、電卓アニメ番組の一場面のようだ。

玄関で呼び鈴が鳴る。励子はお気にいりのメカを二つかかえて部屋を出る。玄関に立っているのは二人の男。バッジをしめしている。特高だ。なんの用か。

「だめ、だめ、だめ！」励子は叫びながら階段を駆け下り、両親に懇願する。「行っちゃだめ！」

特高が逮捕したのか。男たちは両親の頭に袋をかぶせ、手錠をかけ、精神を鎮静化する注射を打つ。

次はまたビショップが拷問される収容所になった。黒い人影はさらに貪欲な視線をこちらに注いでいる。

「ここで投影されてるのはわたしじゃない。あなたよ」励子が言った。

「俺のなんだ？」

「すべて終わったこと。何年も昔に」

「俺にとっては終わってない」

答えながら、励子の過去について考えた。特高はなぜ彼女の家を訪れたのか。

「ただのサイバーバブルだって、わかってる？」

黒い人影の群れをあらためて見た。

「わかってるつもりだ」

「ならいい。出ましょう。ついてきて」

励子は歩いていくが、歩き方が不自然だ。固くぎこちない。まるで義足のように。ビショップを尋問したナチスの女性将校の一人も義足だったことを思い出した。楽しそうな顔で侮辱した。鎖で吊って鞭打ち、どこまで耐えられるかとからかった。あの女とこの励子はおなじなのか。あるいは詐称しているのか。励子を演じてビショップから答えを引き出そうとしているのか。

「ビショップ！　どこへ行くの？」

「来るな！」

「ビショップ」

「ブラディマリーの居場所は知らない。おまえのことも知らない」

「まったくもう。あんたが見てるのは大昔の出来事だといってるでしょう。娯楽のネタとして記憶を掘り起こされてるの。いいかげんに穴ぐらから出なさい！」

思想警察が励子の両親を連行したことを考えた。彼女の過去についてもっと知る必要がある。あとを追って明るい扉をあけた。

目覚めたビショップは、そばにいるのがナチスではなく励子であることにほっとした。

「ここは……？」

「現実よ」

バイオメカと、励子の家を訪れた特高を思い出した。どちらも彼女の本物の記憶だったのではないか。しかし本人は目をそらしている。

「幻覚剤への対抗薬を投与したわ。ステロイド剤も注射する。これで体内の薬物を一掃して、力が出るようにする。水分をたくさんとって」

有無を言わさず、太い注射針をビショップの静脈に刺した。ゆっくりプランジャーを押して、針を抜く。そしてボトル入りの水を渡した。

「ぜんぶ飲んで」

指示に従った。幻覚のなかでの経験は考えないようにした。とても生々しかった。抑圧していた記憶を考えると身震いした。どうしようもなく感情的になった。それをサイバーバブルに接続した大勢の見知らぬ他人に見られた。心の隅にフェリシアへの気持ちが残っていた。〝気持ち〟というべきか。ほかにどうしようもなかったのに、それでも悔いが残るだれかへの思いというべきか。

「ブラディマリーは？」

ビショップは尋ねて、室内を見まわした。モーテルの一室だ。

「あいつらはいまロサンジェルスを攻撃中」

「あいつら？　攻撃？」

「ブラディマリーと渡部将軍とダニエラが、その他のメカを引き連れて大暴れしてるってこと」

まず姪のことが頭に浮かんだ。

「状況は？　ひどいのか？」

「最悪。四時間経過して市内は壊滅的被害を受けている。犠牲者も多数」

姪と義妹をなんとか避難させなくては。しかし動こうとすると頭痛とめまいに襲われた。

「どうやって……俺をみつけたんだ？」

「隣の部屋に閉じこめられていたわ」

「医師と看護師がいた気がする」

「始末した」

励子は陰気な口ぶりで言った。その目の残忍な光を見て、あとは了解した。

励子はビショップの電卓と銃を返した。

「そばにあった」

受けとって、電卓の電源をいれた。コンタクトレンズとの接続はすぐに回復したが、機界につながらない。だからなにも表示されない。レナとマイアに何度か電話をかけたが、通じない。

「つながらないな」

「機界ネットワーク全体がダウンしてるのよ。救援要請を出しつづけてるけど、まだどこからも返事がない。でもメカ基地が近くにある。数年前に訪れたことがあるから。そこに行けば戦闘メカがあるはず」

「それで、なにを待ってるんだ？」

「あんたの回復」

ビショップは恥じいった。

「もう回復した」

「歩ける？」

「たぶん」

立とうとしてよろめいた。薬物の影響が残り、吐き気がする。しばらくすわって、ひたすら水を飲んだ。ステロイドが効いて、すこしずつ力がもどってくる。何度目かでようやくしっかり立てるようになった。足を上げ、首をまわし、指を曲げ伸ばしする。

「食べるものはないか？」

わさびチョコチップスの袋を放ってよこされた。一枚つまむ。まずいと思ったが、空腹なのでぜんぶ食べた。

「気力はもどった？」

「どうかな」

「まだしばらく休む？」

ビショップは首を振った。

「行こう」

いっしょに部屋を出た。

ロビーでモーテルの従業員が目を丸くして止めた。

「外は危険ですよ」

「対応できるから」

励子は答えてカードキーを返却した。

従業員が応急で設置したバリケードをまわりこみ、外へ出た。たちまち煙のにおいに包まれ、目が痛くなった。

あちこち裂けた服のまま通りを走っていく男がいた。

「おい！」

ビショップは声をかけたが、男はふりむかずに走り去った。男のほかは通りに動くものはなかった。車一台走っておらず不気味だ。

「基地は四粁《キロ》先よ」

励子に言われて、足ばやに歩きだした。

ビショップはまだあの体験がサイバーバブルだったことが完全には理解できていなかった。

「いろいろ整理できてないけど……抜け出せてほっとした。ありがとう、その……助けてくれて」

「いいのよ。混乱がおさまるまで一日、二日《ふつか》かかるはず。でも体内の薬物はぜんぶ抜いたわ」

「おまえはどうやって脱出できたんだ？」

「化学的防御機構を体にいれてるのよ」

「特高課員も全員いれるべきだな」頭を掻いた。「サイバーバブルの経験がこんなだと初めて知った。うわごとかなにか言ってたか？」

「わたしを見て何度もフェリシアって」

「すまん……別れた妻だ」

「だろうと思った」

「俺のバブルを見たのか？」

返事をためらっている。答えはそれだけで充分だ。

「ナチスに不妊化されたあと、さらに一週間拷問を受けた……。救出されたときは意識がなかった」

「味方の兵士に救出されたの？」

ビショップは首を振った。

「ブラディマリーだ」

「ブラディマリーに？　救出された？」

「信じられないだろうな」

「口を割らなかったおかげね」

「ああ。べつに根性で秘密を守ったわけじゃない。ナチスの仕打ちに腹が立ったからさ。その怒りで耐えられた。体の回復には何カ月もかかった。筋肉も腱も切り裂かれていて、再生槽につかって組織を再建する温浸療法を受けた。補助なしで歩けるようになるまで半年かかった。そんな俺をフェリシアは待っていてくれた。でも脳が……頭のなかがめちゃめちゃで現実と妄想の区別がつかなくなっていた。そして……妻との行為もできなくなっていた。必要なのは仕事だと妻は考え、俺は警察に再就職してしばらくがんばった。でもやはり離婚しようと言って彼女を泣かせ、最後は受けいれさせた」

「どうして離婚を？」

「フェリシアの夢は家族を持つことだったんだ。でも俺といっしょにいるかぎりそれはできない。なにが起きて、なにを失ったかをいつも思い出すはめになる。そんな苦悩にさらしたくなかった」

「本人が夢を捨てる覚悟をしていたとしても？」

　ビショップはまばたきした。思い出すのは、声が嗄《か》れるまで怒鳴りあったこと。疲れて言葉が出なくなっても不毛な喧嘩を続けたことだ。

「よくわからん」

　二人はメカ基地に到着した。標準的な構造どおりに地上のドームの下に大規模な地下施設が隠れている。ドームは大きく壊れ、その下にあった警備メカ四機はつぶれている。

「だれかいますか？」励子は大きく声をかけた。

　返事はない。

瓦礫を乗り越えて奥へはいった。八人の兵士の死体があった。爆風で飛んできた壁の一部に押しつぶされたらしい。励子はきびしい目をした。

「一瞬だったはずね」

壁付けのコミュニケータがあり、ビショップは姪と義妹に電話がかけられるかと駆け寄った。しかし雑音がするだけでつながらない。

「ビショップ！」励子が呼んだ。

軍服姿の女性が銃を手に二人に近づいてきた。足を引きずっている。

「どちらさまかしら？」

女性は尋ねた。少佐の階級章をつけた軍服は半分が血に染まっている。右脚に添え木をあててなんとか立っている。

「陸軍大尉、守川励子です。ここの駐屯部隊の方ですか？」

「そうです。今週の合い言葉をお願いします」

女はうなずいた。

「〝テラの謎は幻想ならず、ガイアの燃える魂なり〟」

女は銃口を下げ、ビショップに訊いた。

「そちらの方は？」

「特高の若名ビショップです。あなたは？」

「この基地の司令官、大西範子《おおにしのりこ》です」

「大西少佐、憶えておいでかどうか、数年前にこの基地を訪問して、都市防衛用のハザード級メカを見学したことがあります」

大西少佐は人種としてはアフリカ系日本人の黒人士官で、胸には多くの勲章をつけている。

「見覚えがあると思いましたわ、大尉。ハザード級メカの設計にご意見をちょうだいしましたわね。ご提案にしたがって装甲とジェネレータの設計を手直ししました。おかげで大きな改善が見られました」

少佐に憶えられていたことが励子はうれしそうだ。

「ありがとうございます。それで、なにが起きたのですか？」

「渡部将軍と同伴の二機のメカから突然攻撃されました。将軍の造反を知ったのは、基地を粉々にされたあとでした。片脚の負傷だけですんだ私《わたくし》は幸運でした。付近の機界はそのときから妨害されたままで、通常チャンネルではメッセージを送れません。かわりにOWL偵察ドローンを飛ばしてほかのメカ基地に警告を試みました」

「伝わりましたか？」

「メカ基地はほかに三カ所ありますが、いずれもすでに攻撃を受けていました。部外者に侵入されて施設を爆破されたようです」

「ウルフヘトナーだな」ビショップは言った。

「それは？」

ビショップは説明して、アルバラード銭湯爆破事件へのその関与を話した。

大西少佐は不機嫌な表情になった。

「特高はその情報を早く軍と共有すべきでしたね」

特高も知ったばかりなのだとビショップは弁明しようとしたが、やめた。

「そうですね。流動的な状況のなかだったとはいえ、警告すべきでした」

「攻撃はほかにも？」

「特高と連絡がとれていないのでわかりません」

励子が質問した。

「動かせる戦闘メカはこの基地にありますか？」

「なにをなさりたいの？」

「渡部将軍のメカに一矢報いたいのです」

「普段は私が乗っている試作機があります。脚がこうでなければ自分で操縦するのですが。

案内しますわ」

励子は大西少佐に手を貸してエレベータに乗り、地下二十階に下りた。ドームの下は巨大なメカ格納庫になっていた。

案内されたメカはイナゴ号より大きかった。基本的な特徴は似ていて、電磁銃も装備している。装甲は動きやすそうだ。角張った形状のおかげで、西洋騎士に近い一般的なメカよりも日本の武士に似ている。

「背の高いカタマリ級という感じですね」励子は感想を述べた。

「カタマリ級に乗られて？」

「一年間操縦経験があります」

「これはカタマリ級を大きく、強くした進化型です。残念ながら電磁銃のバッテリーがこの攻撃で損傷していますが、そのほかは無傷です。愛称はカマキリ号ですわ」

「こんにちは、カマキリ号」

このカマキリ号はイナゴ号より七割以上も大きい。励子の興奮がビショップにも伝わってきた。

脚部に内蔵されたエレベータにいっしょに乗ってブリッジへ上がった。補助機関員が直接操作する巻き上げ機や、操舵ギアや、排気ポンプ類が見えた。

頭部中央のブリッジにはいる。照明は人感センサーで自動点灯し、足もとが照らされた。円形のブリッジには七人分の席がある。壁は透明で、三百六十度さえぎるもののない視界が得られる。電卓パネルはミニマルな設計で、操作系はほとんどがＡＲでユーザーの視界に浮かぶ。

励子は操縦席についた。ビショップは大西少佐に手を貸して砲術管制席にすわらせた。自分は通信席にした。

「どなたかと連絡を？」少佐から訊かれた。

「姪と義妹に。カルバーシティに住んでいます」

「私にも市内に身内がいます。渡部将軍は弟の動物病院を狙わないと信じたいのですが、まだ連絡がとれていません」

「ご無事だといいですね」

「クルーなしでもカマキリ號は動きますか？」励子が少佐に質問した。

「やりにくいところもあるでしょう。ほかの席の機能はここに集約しました。貴女は操縦に専念なさって」少佐はビショップを見て続けた。「言うまでもないでしょうが」

「過去に軍人としてメカに乗りました」

「ナビゲーション席に移動してください。通信機能も移しました。ヘルプモードを有効にしてあります」

「ヘルプモード？」

「初心者ナビゲータむけにいちいち説明が出ます」

「人生にもヘルプモードがあればいいのに」

「そうですわね」

　大西少佐は発進制御画面を開いた。

「通常の発進口は破壊されています。でも別ルートがあるので、いつでも出られますわ」

「パイロット別設定が保存されているデータベースにアクセスできますか？」励子が訊いた。

「ご自分の操縦設定をダウンロードなさりたいのね」

「できると楽なので」

　ビショップは自分のナビゲーションパネルを見た。三面の四角いディスプレイがあり、一枚目は周囲のリアルタイムマップ。二枚目は天候、地質状態、地形危険などの各種データ。最後の三枚目は二分割で両足のカメラ映像を見せている。ヘルプモードによると、パネル間の表示切り替え、フォントや画面サイズの調節、マップ操作の自動呼び出しなどが可能らしい。メニューの不明なところをさわれば機能説明のポップアップが出る。テクサーカナ時代に受けた基礎訓練を徐々に思い出した。

操縦席で励子が声をあげた。

「すごい！　イナゴ號で使っている設定がそのまま適用されたわ」

「すべて再現できましたか？」少佐が訊く。

「はい。デフォルトから微妙に変えただけの設定まで。ありがとうございます」

「恐れいります」

カマキリ號は電磁レールに載せられている。それによってトンネルを移動。壁ぎわに到着すると今度は垂直に上昇した。出口は建物に偽装されている。ガラス張りのファサードは破れていた。

「機体の大きさと力の強さに慣れるまでは慎重に」少佐は注意した。

励子は動きだした。融合剣を振り、スカリア電磁銃を抜いてみる。ただしバッテリーが壊れているので使えない。

「いい感じ」

励子はパンチを何度か出してみた。

「質問があります。正直に答えてくださいね」少佐がパイロットに言った。

「はい、もちろん」

「対メカ戦の経験はどれくらいおあり？」

「新島、嶽見、渡部にくらべたら少ないです。心配ですか？」

「もちろん。それでもその三機を阻止しなくてはいけませんから、相応の作戦を立てましょう」

「とりあえずどうすれば？」

「東進なさって。十八粁《キロ》先で数機のメカが交戦中です」

ビショップは障害物が表示されるナビゲーション画面をにらんだ。民間車両がとくに厄介だ。大きな赤い×マークが表示され、警報音も鳴るのに、励子は二台踏みつぶした。

大西少佐はＯＷＬドローンを何機か飛ばした。高性能な偵察機器を搭載し、指揮官が戦場全体を眺めて判断するには有効だ。その映像フィードを砲術管制パネルにじかに流している。

ビショップはナビゲーションでへまをしないように気を張りながら、メニューの各機能の理解につとめた。

励子は道路の両側に設置されたレールにカマキリ號の両足を接続し、全速力で移動しはじめた。

2

「敵方の戦力はどこまでわかっていますか？」

ビショップの質問に、大西少佐は答えた。

「機界接続が遮断される直前の情報では、敵のメカは三機。シグマ號、ストライダー號、サイレン號。すでに複数のメカ基地を攻撃して壊滅させています。ロサンジェルス郊外から応援が送られているようですが、具体的には不明。味方の空港はどこも大きな被害を受けているので、迅速な航空展開は難しいでしょうね。このような作戦にうってつけのカタリナ島在住のメカパイロットに緊急出動要請を送りました。応じてくれるかどうかはまだ不明です。連絡があるまで応援はないものと考えたほうがいいでしょう」

「楽観できませんね」

「選択肢は多くありません。民間の被害が広がらないうちに食い止める必要があります」

「民間の被害というと？」

少佐は前方を指さした。三棟の集合住宅が炎上している。

「造反者のメカは民間の目標を攻撃していますわ」

ビショップは愕然とした。ロサンジェルス全体が戦場と化している。市街地が大きく破壊され、高層ビルがあちこちで炎上している。ナビゲーションパネルのサーマルスキャン画面によるとすでに数千人単位の犠牲者が出ている。

炎上するビルの五十階から飛び降りる人影があった。焼死からのがれて墜死したわけだ。ビルのスキャン映像に目をこらすと、三十二階で助けを求める四人に気づいた。これを励子に伝えると、詳細も聞かずにメカは救助に動いた。

四人はバルコニーで逃げ場を失い、いまにも火炎に呑まれそうになっている。励子はそこへカマキリ號の手を伸ばした。二人の子を連れた夫婦だ。一家はメカの手に乗り移り、うれしそうにメカに手を振った。年下の女の子がとくに元気に手を振っている。励子は慎重に一家を地面に下ろした。両親と男の子はすぐに安全な場所へ逃げていったが、女の子だけはいつまでも見上げて手を振っていた。

ビショップは姪のことを考えないようにした。

「この地域は第一二〇隊と第三六七隊の受け持ちのはずだけど」

励子が茫然として言うと、大西少佐が答えた。

「そのはずですが、どちらの信号も拾えませんね。お手もとでなにかわかりますか、若名課員？」

「いいえ、少佐。それから俺のことはビショップでいいです。信号がないかわり、接近するメカ一機があります。ナビ情報ではペルセウス級」

ビショップは画面を見て報告した。励子が訊く。

「こっちへ来る理由は？　敵なの？」

「ちがうと思う。武器は展開していない」

大西少佐がメカを識別した。

「アホウドリ号ですわね。知人が乗っています」

「メッセージを送信する」励子はビショップに指示して、メカ間通信チャンネルを開かせた。「アホウドリ号、こちらは守川励子大尉である。シグマ号と交戦、もしくはこれを視認したか？」

ビショップは送信した。しかし応答はない。

アホウドリ号は装甲が破れ、両腕を破壊され、頭部がつぶれていた。内部には生命反応があり、動力源も稼働しているのに、問いかけに答えない。雑音だけを残して通りすぎていく。

「通信機器が壊れてるんだろう。あるいはこちらと話したくないだけか」ビショップは言った。

「ＯＷＬのスキャンでは内部の活動はありますわね。データで見るかぎり、機内の乗員は生存し、活動しています」少佐が言った。

ビショップの手もとのサーマルスキャンでもそう出ていた。生きて活動できるのに一言の返事もなしに歩き去るとは不審だ。なにをおびえているのか。ナビ情報に出てくるメカの履歴では、アホウドリ號は六年前にダラス・メカ工廠で製造。近年の機甲軍近代化計画にしたがってベーカーズフィールド工廠で改修を受けている。実証用アンドロメダエンジンを搭載するペルセウス級は四機のみ製造されている。音と水を制御して武器とするヤッファ投射機を積んでいる。

「またメカが接近してくるぞ。信号ではタウン號。やはり戦域から離脱中らしい」ビショップは言った。

「そう推測される理由は？」励子が訊いた。

「損傷が大きい。修理目的の後退かもしれない。五回呼びかけたが返事がない」

「コミュニケータの故障かも」

「そうとは思えない。混乱が起きた形跡がある」

「どういうこと？」

ビショップは再確認してから説明した。

「外の装甲よりも内部の損傷が大きい。機械故障かもしれないが、そのわりにＢＰＧに異状はない。装甲もどこも破れていない。問題の発生源はどうやらブリッジだ。銃撃戦が原因らしい損傷……。乗員が起こしたものだろう」

ビショップはいつものようにさまざまな角度から検討し、入手した乗員の公的記録をもとに、推測から論理的結論にいたった。

「おそらく叛乱が発生してる」

「メカの機内で乗員が叛乱？　信じられない」

励子は懸念の表情だ。少佐が言った。

「ありえますわ。戦闘は人を変えます。充分に警戒なさって」

励子は武装をタウン號にロックオンしておいた。タウン號は気づいているはずだが、平然と反対方向へ歩き去った。茫然自失して放浪する幽霊メカのようだ。

遠ざかるタウン號を見ながらビショップは励子に訊いた。

「こういう前例はあるのか？」

「初耳よ」

そこから数百米《メートル》でまた新たなメカに遭遇した。

「ジェロボーム號だ」

ビショップは画面の情報を読んだ。悲惨な状態のガーディアン級だ。両腕が落ち、胴体からは煙が出ている。まわりのビルも火災を起こしている。

励子は推測した。

「敵メカのいずれかと交戦したようね。相手がどっちへ行ったか尋ねて」

「いま通信を試みてる」

ビショップは答えた。しかし何分たっても通じない。

「むこうのコミュニケータが働いてないようだ。三浦少佐名でテキストメッセージが送られてきた」

「なんて？」

「サイレン號の電子攻撃を受けて電卓系がウィルスに感染したそうだ。そのためジェロボーム號を制御できない。通信系をじかに接続するとこちらの電卓にも感染するおそれがあるので控えているらしい」

「サイレン號の行き先を尋ねて」

問いあわせたが返事がない。

「それどころじゃないんだろう。生き残った乗員は八人だけだそうだ」

ナビ情報によればジェロボーム號は定員二十二人。もとはテクサーカナに配備されていたが、内部配線に重大な不具合が起き、任務期間を短縮して後方に下げられた。修理後はロサンジェルス配備になっている。乗員の一人について出された正式な苦情の申し立てが残っている。名前は伏せられているが、その乗員は宗教に熱中する傾向があり、天上の神と交感して未来がわかると妄想していたらしい。

ビショップはあきらめて報告した。

「三浦少佐はサイレン號の行き先について返答を拒否している」

「なぜ答えないの？」

「サイレン號には近づくなと警告している。強すぎて倒せないと」

「倒せない？」

「彼らは……悪霊であり、人の力では止められないそうだ」

すると大西少佐が口を出した。

「ビショップ、ウイルス感染についてもっと詳しく尋ねてください。サイレン號は機界経由でメカの制御を乗っ取ったのですか？」

ビショップは質問を送信した。

「応答なし。でもおそらくそうでしょう」

「機界ウイルスに対する防護策を講じましょう」

「具体的には？」励子が訊いた。

「いくつか手段があります。いずれにせよ、メカが制御不能になってパイロットたちがおびえているのはしかたないでしょう」

運命の塔が前方に見えてきた。パリのエッフェル塔を模し、高さは本物の二倍という観光名所だ。そのそばにユングフラウ号がいた。ドイツのバイオメカの特徴である再生装甲技術を組みこんだメカの一つだ。ナビ情報ではヘラクレス級で、戦闘用の設計。製造はロングビーチ工廠。一年で八機が完成してカリフォルニア省各地に配備されたが、ＢＰＧの運用不手際で七機は早々に退役扱いになった。現在唯一残るヘラクレス級がユングフラウ號だ。搭乗クルーはこの数年間、一定しなかった。ビショップの資格レベルでは開示されないなんらかの政治問題のために、指揮官が何度も交代している。外見は標準的なメカを細身にしたようで、人間の肌の毛穴を強調したような大きな配管の出口があちこちにある。

「損傷は？」

励子が訊くと、大西少佐は首を振った。

「損傷ではなく、機械的な問題でしょう」

これまで遭遇したメカのように無反応で去るかと思いきや、これはちがった。ビショップは報告した。

「緊急メッセージを送ってきている」

「流して」

むこうの大尉が話しはじめた。

「ブラドリウム粒子が払底している。再生性の皮膚にまわすエネルギーがたりない。コアをいくつか分けてほしい」

励子が了解の返事をしかけると、大西少佐に止められた。

「どうなさるおつもり？」少佐は訊いた。

「予備を一個譲ろうと」

「コアはこちらにも貴重です」少佐は強く言った。

「でもむこうは助けを求めていて……」

「非情なようですが、コアを譲っても彼らの戦線復帰は無理です。本機はこれから予備のコア一個の有無が生死を分けるかもしれませんよ」

ビショップは少佐に同意した。励子は逡巡したが、最後はビショップを見てうなずいた。

「予備のコアはない」ビショップは返事を送った。

「少しでいいから頼む」

懇願してきたが、ビショップは通信を切った。

　ユングフラウ號は西へ移動していった。

「どこへ行くのかしら」励子が言った。

「さあな」視界から消えるユングフラウ號を見送りながら、ビショップは励子に言った。

「すれちがうメカはどれもへんだな。陸軍時代に乗ったメカのクルーはあんなじゃなかったぞ」

「沈黙線に駐屯してるのは機甲軍の精鋭ばかりだからよ。こっちに残ってる連中はブラディマリーみたいな強敵との交戦経験がない」

「沈黙線の駐屯部隊は呼びもどされていますわ。とはいえ時間がかかります。国境を無防備にはできませんから」大西少佐は説明した。

「それまでにロサンジェルスはブラディマリーの手で焼け野原になる」ビショップは言った。

　励子は怒っている。

「カンザス大虐殺の教訓が生かされてないじゃない。あらゆる事態にそなえなくてはいけないのに」

　ビショップは大西少佐に訊いた。

「ブラディマリーの勢力はメカ三機のはずでは？」

「そのはずですわ」

「しかし政府施設を攻撃中のメカは八機います」

少佐は立ち上がり、足を引きずりながらビショップのナビ画面を見にきた。

「味方のはずの機体ですね」

「そう思います」

映像には攻撃するアヌビス級八機が映っている。

「造反か、機体を盗まれたのか。第三六七隊ですね。ロサンジェルス・ダウンタウン防衛隊の半分。現状でダウンタウンの防備はがら空きということです」

攻撃されている政府施設について、ビショップは電卓でスキャンするまでもなくわかった。特高の拠点だ。正式名称は倫理思想保護局。政府の検閲機関の一つだ。このような検閲センターはロサンジェルスに五カ所あり、それぞれ異なるメディアを担当している。いま攻撃を受けている施設はゲーム分野が専門だ。臣民のゲームプレイを監視し、ゲーム中でのさまざまな判断からプレイヤーの倫理傾向を推定する。特高はその情報をもとに、不審なプレイヤーを監視対象にする。

アヌビス級はすでに建物の半分を破壊していた。

三機のアヌビス級がカマキリ號に気づいて、むかってきた。

「どうしますか？」励子は訊いた。

「交戦しましょう」大西少佐は言った。

三機のアヌビス級と交戦を開始した。励子は紫に輝く融合剣を抜き放つ。アヌビス級は三機合計十二本の腕で襲ってくる。充分に引きつけよという大西少佐の指示にしたがって、微動だにせず立つ。

「防護フィールドを立ち上げるか？」ビショップは訊いた。

「無用」

励子は答えて敵の接近を待った。間合いにはいるやいなや、融合剣を横に一閃《いっせん》。先頭のアヌビス級はふいをつかれて、手を二本斬り飛ばされた。残った手首の断面でむきだしになった配線が火花を散らす。励子はアヌビス級を楽々と斬り裂く刀の威力に驚きつつ、その手首をつかんで断面を相手の体に押しつけた。アヌビス級は自身の電流で感電した。電気ショックで動けなくなったそいつを、残りの二機に対する盾にした。敵がまわりこもうとすると刀で牽制する。攻撃を受け流し、残り二機の腕を斬り落としていった。

「対メカ戦の経験は少ないとうかがいましたのに」大西少佐が声をかけた。

「たしかです。この刀のおかげです」

励子は興奮したようすで言った。昨年アヌビス級との交戦で苦戦して以来、シミュレーションで練習を続けてきた。その成果が出たのがうれしかった。

少佐は武器を説明した。

「これは新型の雷電融合剣で、ハフニウムイオン蒸着をほどこしたプラズマカッターです。メカの部品を簡単に切断できます」

「まだ試作段階と聞いていましたが」

「そのとおりです。メカタウンの依頼を受けて私どもが試験運用しています」

「実戦で？」

「そうですわ」

励子は三機目のアヌビス級を特高施設の瓦礫のほうへ蹴飛ばした。メカは、ロビーと周囲のオフィスを押しつぶしてあおむけに転倒した。

残り五機のアヌビス級がカマキリ號にむけて砲撃してきた。励子はメカ用大型ライフル、水月《すいげつ》ＧＲＬ－40をかまえて応射しはじめた。短い間隔で連射する。足のブースターを噴いて機敏に動きまわりながら、敵の砲弾を刀ではじく。刀身の発するプラズマ場が砲弾を防ぐ盾となる。アヌビス級は多腕を生かして襲ってくるが、励子の射撃速度も負けていない。振り下ろされる腕を次々と砲弾がはじき返す。またたくまに敵の二機が両断された。

残る三機は退がって動かない。単独で五機を倒したこちらを警戒している。

励子は自信満々だった。シミュレーションでは感じたことのないアドレナリンが全身を駆けめぐる。ビショップに指示した。

「タコ野郎どもにメッセージを送って。電源を落として降伏しろと」

ビショップはメッセージを送信した。一機が四腕を下げてユニットの電源を落としたが、あとの二機は攻撃してきた。

励子は踏みこんで先頭のメカの胸を横一文字に斬った。胸部装甲が上下に割れ、BPGが露出して脈打つようになった。励子は一回転して、今度は拳をBPGに叩きこむ。メカはたまらず膝をついた。

二機目のアヌビス機が殴りかかってきた。励子がスラスターを噴いて飛び退がると、その拳はカマキリ號ではなく僚機にめりこんだ。腕が伸びきったところを励子は悠々と斬り落とし、ライフルで頭を撃った。アヌビス級は二機とも沈黙した。

「お見事」大西少佐が言った。

励子は無言でうなずいたが、内心では高揚していた。

「降伏した一機を呼んで、造反三機がどちらへ行ったか訊き出して」

ビショップは指示に従った。

「返答を流すぞ」

電卓ディスプレイに若い男が映し出された。

「ご出陣いただけたことを天皇陛下に感謝します。ほかのアヌビス級のパイロットから脅されて同調していました。従わないと殺すと言われて、しかたなかったのです。お許しください」

「ほかのメカの居場所は？」励子は訊いた。

「彼らは検閲拠点を標的にしています。自分たちのリーダーが放送を流せるように、妨害する機能をつぶしているようです」

「放送って、どんな？」

「不明です」

「去った方向は？」

「ダウンタウン方面です」

「同行しなさい」励子は命じた。

「はい」

そのアヌビス級ニワトリ號は横にしたがった。

しばらく行くと、エンダービー號というメカと遭遇した。パイロットは斎藤サミュエル少佐だ。これまで市街地配属ばかりで、戦闘行動の経験は少ないらしい。

彼はメカと交戦中だった。相手はサイレン號。パイロットは新島リーナ。ブラディマリーの初期からの盟友だ。そしてビショップがナチスの捕虜になったときの搭乗機パイロットだ。

新島はメカパイロットとして多くの受勲歴がある。京都大学を次席で卒業し、パイロットとしてアジア全域で勤務した。公式に残る懲戒記録は一件だけ。モスクワ勤務時代にナチスの将校から人種的侮辱（〝アジア人〟は〝東洋の愚者〟であり〝はなはだしく退化〟していると表現したらしい）を受けて、当人を殴り、その取り巻き全員を単身で倒したという。

暗い赤に塗られた新島の愛機サイレン號は、いかめしい装甲のせいでカマキリ號より横幅が大きい。鈍重だが頑丈で強力。とりわけ背甲が厚く堅牢で、たいていの攻撃は跳ね返す。アルマジロ級と呼称されるゆえんだ。この背甲の製造コストのために製造は四機のみ。ひとたび防御姿勢をとると、核爆弾以外のあらゆる爆撃に耐える。特殊な装甲スリーブをつけた腕が威圧的なほど太い。

励子が観察しながら言った。

「あの腕……詳しくスキャンしたいわね」

「どこが気になりますか？」大西少佐が訊いた。

「腕につけているものが、数年前に開発されていた試作兵器に似ているんです」

「不審なエネルギーは探知できませんけれど」

「注意しておいてください」

新島はサイレン號で十六戦して負け知らずだ。両手首にそなえる手甲刀は帯電して威力を高められている。主兵器は手にした新月刀。太い腕で明滅する光の反映で湾曲した刃が真っ赤に輝く。

しかしビショップにとっての新島は、公式記録に書かれた印象とはかなり異なっていた。


ビショップは第二九飛行中隊、総勢二十五名のロケットパック兵の一人だった。隊長の名をとってジャンゴ隊と呼ばれた。ロケットパックは故障率が高く、事前にさまざまな心理的、適応的セラピーを受けていても、隊員の不安と恐怖はそれなりに大きかった。しかし新開発品の感情プラグを挿入されるのは避けたかった。兵士のホルモンバランスを制御して平常心にするというものだが、十一人が使用翌日に植物状態になったといういわくつきだ。

ビショップはテクサーカナ砦で捕虜になったときの任務を思い出していた。異様に暑い日で、水分補給のためにボトルの水を何本も飲んだ。ロケットパックの高熱から身を守るためのスーツが暑さに拍車をかけた。そもそもテクサーカナではなにもかも燃えているように暑かった。ジャンゴ隊では二人一組でおたがいのスーツを点検することを徹底していた。どこかがゆるんだり、接続が誤っていたり、はずれてぶらさがったりしていると、ロケットパックの火で焼け死ぬことになる。ナチスの生物兵器を防御するという新開発の強化薬を鼻腔最奥に注射されたせいで鼻が痛かった。

新島中尉がスピーカーごしに通知した。

「まもなく降下ゾーンだ。敵の砲火がはげしいが、いまのところ近くにバイオメカはいない」

今回の任務は、メカの行動を妨害する目的で地上に地雷を設置する敵兵を排除することだと、ジャンゴ軍曹から説明を受けた。ナチスはメカの動きを止めるためにあの手この手を使ってくる。しかしこの説明は、情報漏れにそなえたつくり話だと知っていた。真の目標は、部屋の隅にすわっている女を守ることだ。

女は機動アーマースーツを装着していた。これほど先進的なアーマーはビショップもほかの隊員も見たことがなかった。まるで着る小型メカ。戦車大隊を壊滅させる火力をそなえている。Ｚコートとおなじ技術による最新のカメレオン迷彩がほどこされ、周囲の環境に姿を溶けこませる。機能がオフのいまは鏡でできた甲冑のようだ。

彼女はジャンゴ隊と同時に地上に降下する。ジャンゴ隊の真の任務は、彼女の敵地侵入を掩護することだ。

「彼女のミッションはなんですか？」

だれかが訊くと、軍曹の返事はこうだった。

「かわりに志願しようってのか？　やめとけ。おまえが百人いても役に立たんぞ」

詮索する者はたしなめられた。彼女の正体、目的、行き先はいっさい不明。わかるのはニックネームだけ。それが〝ブラディマリー〟だ。

「皇軍最強のナチスキラーだ」軍曹は部下に説明した。

女はだれとも口をきかなかった。話しかけられても無視する。

突拍子のない噂がいくつもささやかれた。八百八十八人のナチス兵と一人で戦って殺したとか、ナチスの首で研がれたナイフは人血を吸うほど切れ味が増すとか。バイオメカと生身で戦って片手で倒したという噂さえある。熱烈な信奉者でもさすがに信じがたい。

降下ゾーンにはいると、ジャンゴ隊はロケットパック兵を射出する装置内で待機した。

地上を見ると野戦砲が撃ってきている。サイレン號はそれを踏みつぶし、胸部装甲のあいだから出したレーザー砲で撃破している。

ジャンゴ隊が空中に射出されると、ブラディマリーも地上に降下した。機動スーツには走行用の車輪があり、ロケットパック兵なみの速度で走れる。戦場をスケートで滑るロボットのように急速に前線へむかう。カメレオン迷彩を起動すると姿はかき消えた。

ビショップは敵の歩兵から彼女を守ることに集中した。ナチスのオートバイが数台むかってくる。これは運転者と車体が遺伝子操作で一体化している。高い機動力とひきかえに、車体が損傷すると大きな苦痛を感じる。ビショップはこれらをスマート弾で撃った。この銃弾は周囲の環境変化にあわせて標的を追尾し、確実に命中する。

ブラディマリーは掩護に気づいているのかいないのか。すくなくとも感謝するそぶりはない。掩護者はビショップだけではない。ジャンゴ隊のほかの二十四人も、彼女の行き先を知らないまま、その進路上の敵を排除しつづけた。

ロケットパックで飛ぶとブラドリウムの排気臭まみれになるが、それでもバイオメカの独特な異臭にはかならず気づく。細胞の腐敗と悪性腫瘍による強い悪臭だ。あらわれたのは、過去に遭遇した二足歩行型とは異なる新型のバイオメカだった。蜘蛛を思わせる八脚の基部。その上に人間型の上半身がはえている。遺伝子レベルで接合された怪物だ。脚部は黒い青梗菜《ちんげんさい》の葉のようなものにおおわれ、腫瘍の皮膚のあちこちから芽キャベツのような塊がはえている。顔は人間的ではなく、突出した大きな蜘蛛の眼と長い牙を持つ。舌はすばやく空中に突き出し、飛びまわるロケットパック兵を叩き落とす。効率的な暴力だ。

ナチスの通常型メカよりはるかに大きい。流動性の皮膚がたてる湿った音が吐き気をもよおす。

過去に遭遇したバイオメカは攻撃にいちおうのパターンがあった。しかしこれはまったく別物だ。多数の脚で地上の兵士や車両を踏みつぶして進む。攻撃の間合いも、武器の種類も、その性能もすべて未知だ。味方の兵士が次々にやられていくなかでビショップは急いで学習した。ジャンゴ隊はバイオメカに対して一斉射撃した。すこしでも弱らせるために撃った。

するとバイオメカは羽虫機を放出してきた。コミュニケータに兵士たちの悲鳴が響いた。数百の黒いドローンの羽虫機が咽頭にはいりこみ、喉を食い破られ、死体となって人形のように落下していく。一人の女性ロケットパック兵はパラシュートを開いて脱出を試みたが、そのパラシュートを穴だらけにされ、石ころのように落ちていった。

残ったビショップと数人のロケットパック兵は、新島のメカを探し、支援を求めて何度も呼んだ。しかしサイレン號の姿はどこにもなかった。ビショップは通信で叫んだ。

「サイレン號、こちらは攻撃を受けている。新種のバイオメカだ。サイレン號、サイレン號！」

応答はない。目視で探すと、サイレン號が背をむけて去っていくのが見えた。

メカの支援はないわけだ。なぜサイレン號はジャンゴ隊を見捨てたのか。戦域離脱を命じられているのなら、あらかじめ通知するのが通常の手順だ。

ビショップはブラディマリーを探したが、もう姿は見えない。蜘蛛型バイオメカを迂回して先行したらしい。あいだにはバイオメカがいて、掩護したくとももうできない。

離脱してサイレン號へもどるか。しかし羽虫機を振りきる速度はない。同僚の一人がその羽虫機に追いつかれ、どうせ死ぬなら一矢報いようとバイオメカへ突撃していった。衝突と同時にロケットパックが爆発するように設定していた。ビショップはフェリシアのことを考えた。その躊躇があだとなって、二機の羽虫機がビショップをみつけて接近してきた。かわそうにも機敏さでは相手が上だ。左のロケットを壊され、きりもみ状態で落下しはじめた。姿勢の回復や電卓からのパラシュート開傘を試みたが、損傷が大きくてできない。墜落しながら、自分の死とひきかえにブラディマリーの秘密任務が成功することを願った。フェリシアを思い、最期に一言話したかったと考えた。地面に激突すると同時に意識が途切れた。

気がついたときはナチスの捕虜になっていた。

救出後に、新島リーナの行動を知って怒った。彼女はべつの飛行中隊とバイオメカの交戦を支援するためにジャンゴ隊から離れたとのことだった。しかもその交戦で二機のバイオメカを単独で倒し、武勇を称える勲章をもらっていた。しかし彼女の義務はジャンゴ隊の支援だったはずだ。放置されたこちらは全滅。生存者はビショップ一人だった。優先責任を放棄して支援を怠ったのだ。ビショップは抗議し、告発状を提出した。しかし将校から沈黙を命じられた。新島は英雄だ。対してビショップは、勇敢だったとはいえ、捕虜となった一介の歩兵にすぎない。不満を訴えられる立場ではない。

ビショップは不当な扱いだと感じ、新島に不信の念を抱くようになった。

エンダービー號は大口径の機関砲をそなえ、連射していた。しかし新島のサイレン號の分厚い装甲はびくともしない。サイレン號は砲弾の雨のなかを前進し、ついにエンダービー號の腕を斬り落とした。さらに手甲刀で肩から袈裟斬りに。するとその切り開かれた体から液体が流れ出た。

「燃料？」励子がビショップに訊いた。

ナビゲーションの化学分析結果は予想外だった。

「ビールだ」

「飲料のビール？」

警備記録を調べると、エンダービー號のパイロットは過去に予備ジェネレータをビール樽とこっそり交換して、四回も譴責《けんせき》処分を受けていた。平時の警備任務は退屈で、クルーはビールでも飲まないとやってられないとパイロットは釈明した。現在のクルーの血中アルコール濃度は調べられないが、交戦開始時に大半が酩酊状態だったとしても不思議はない。これがロサンジェルス防衛隊だと思うと情けない。他方の新島が受けた唯一の譴責処分は、ナチスを殴ったことなのに。

「新島は上半身への電力供給を遮断したわ」励子がビショップに言った。BPGの出力をすべて下半身にまわしたわけだ。「相手はお陀仏ね」

サイレン號はエンダービー號の右膝に蹴りをいれた。膝は逆に折れ、姿勢がぐらりと傾いた。しかしサイレン號はその上体をつかんで倒れさせず、頭部に拳を叩きこんだ。顔面を容赦なくつぶしていく。

励子は威嚇射撃を何発か放った。

「サイレン號に呼びかけてメッセージを送って。〝やめないと攻撃する〟と」

ビショップは送信した。

「応答が来た」

ディスプレイに新島リーナが映し出された。その家系記録によれば、人種的にはタイ人とチェコ人の混血だ。頭を丸め、眉も剃り落とし、パイロットらしい筋肉質の体をしている。

隣にべつのパイロットが表示された。エンダービー號の斎藤サミュエル少佐だ。こちらも欧亜混血でパイロットに多いスキンヘッド。新島と異なるのは腹の贅肉と、大量の汗をかいていることだ。ろれつがまわらないようすで抗議した。

「よ……予告なしの攻撃とはどういうことだ！」

新島は無視して、カマキリ號に言った。

「守川励子、生きていたか」

「どんな大義があろうと、臣民を殺すのはまちがっているわ」励子は言った。

新島はその答えを鼻で笑った。

「山崗総督は数万人の臣民を殺しながら、英雄と称賛されて昇進した。わたしたちがおなじことをやるとテロリスト呼ばわりか。そんな二重基準は愚の骨頂だ。わたしはブラディマリーにくびきを解かれ、蒙《もう》を啓《ひら》かれた」

斎藤は目が泳ぎ、ふらついている。数人のクルーに背後からささえられてやっと立っているありさまだ。たとえここで死ななくても解任が妥当だとビショップは記憶にとどめた。

「酔っ払いに解説するのは時間の無駄だが、搭乗しているほかのクルーに告げる」新島は一般チャンネルで言った。「わたしの敵は諸君ではない。正統性を欠く現政権だ。むしろ諸君を守っている。そもそもそんな旧式メカでサイレン號には勝てない。パイロットに戦闘をあきらめさせろ。無用の流血だ」

それに対して励子が言った。

「たとえ世のためによかれと思っても、主義主張のために多くの命を奪うなんて……支持できないわ」

「そういう自分は山崗の革命を手伝っているではないか。犠牲者の数はそちらが多いぞ」

「崇高な大義のためよ」

「自由のために戦うのが崇高でないとでも？」

励子は周囲の破壊をしめした。

「これがその自由なの？」

「自由は安くない。どうしても戦うなら、そのポンコツの機内で死んでもらうぞ」

励子は現在の乗機を弁護して言い返した。

「カマキリ號はポンコツじゃない」

エンダービー號のパイロットが励子に尋ねた。

「こ……こっちはどうすればいいかな」

「離れていてください。さもないと反対の腕も斬り落とされますよ」

通信は切れ、エンダービー號は退がった。励子はビショップと大西少佐に振り返った。

「ご意見があるなら、わたしがサイレン號を叩きのめすまえにどうぞ」

「異議はございませんわ」少佐は言った。

「右におなじ。新島は俺の戦友たちを切り捨てた裏切り者だ」ビショップも言った。

「新島と戦線に出たことがおありなの？」

「はい。身勝手な人間ですよ」

サイレン號はまずカマキリ號にしたがうアヌビス級を襲った。ニワトリ號はわずか十秒で斬り刻まれ、崩れ落ちた。ビショップは呼びかけたがパイロットは応答しない。

「生命反応は？」励子が訊いた。

「もう検出できない」

サイレン號はこちらにむきなおり、新月刀で斬りかかってきた。カマキリ號は雷電融合剣を抜いて応じる。サイレン號はそれを新月刀で払ったが、励子の巧みな太刀筋によって手のひらの一部を斬られた。サイレン號は懐に飛びこもうと狙うものの、励子はすきを見せず、逆にサイレン號の配管や配線を切断して手負いにする。

ところが励子が踏みこもうとしたとき、サイレン號の前腕が上がって機関砲があらわれ、連射してきた。至近距離射撃の威力は大きく、カマキリ號は指を二本飛ばされて雷電を取り落とした。すぐに拾い上げたが、直後に腕が固まったように動かなくなった。

ビショップは腕を見た。刀をかまえたまま、ぴくりとも動かない。その両手が虫の大群のようなものにおおわれているのに気づいた。

励子はサイレン號から退がりながら言った。

「なぜ腕が動かなくなったの？」

大西少佐が立ち上がってビショップのパネルをのぞきこんだ。

「原因はこの虫ですね。ある種の寄生虫です」

「見せてください」

要求する励子に、少佐は画面を送った。励子はその金属の寄生虫を拡大した。

「やっぱり。レギオン機だわ」

「レギオン機？　未完成のはずでは？」少佐は言った。

「なんだ、それは」

ビショップは話がわからない。励子が説明した。

「メカタウンの秘密開発計画で、メカの攻撃能力を奪う手段の一つよ。たくさんの微小ロボットが標的にとりついて金属部品を削り取り、消化して自己複製――つまり増殖する。大半を殺しても、一機でも残っているとまた増える。でも少佐が言うように、わたしがメカタウンにいた時代には開発中だった。ＡＩが暴走しがちで、制御下で動作させるのが難しかった」

「どうすれば除去できる？」

　励子には思いつかない。大西少佐はあらためて画像を見た。

「ＢＰＧから強力なエネルギーパルスの波を出せば、この寄生虫を止められるかもしれませんね」

「というと？」

「ジェネレータのエネルギーを寄生虫にむければ機能を止められるはずです」

「できますか？」

「やってみましょう。そのために私は機関室へ下りる必要があります」

「その脚では――」

「なんとかなります。でも、失敗したらメカ全体が破壊されるかもしれませんわよ」

「そのときの対応策は？」ビショップは訊いた。

「ありません」

「準備時間は？」励子が訊いた。

「普通なら二十分と言いたいところですが、悠長にしていられませんね。エコー型ドローンを使ってできるだけ時間稼ぎをお願いします」

少佐は励子に指示して、傷めた脚に苦労しながらラダーを下りていった。

カマキリ號は敵から離れる方向へ走りながら、エコー型ドローンを射出した。これはランダムなパターンで飛行しながら、カマキリ號からサイレン號への通信を反復送信する。サイレン號が発信元を攻撃しても、そこにいるのはたいていドローンだけだ。

コミュニケータに嘲笑が響き、新島がカマキリ號をあざけった。

「犬より情けない」

「犬のなにが悪いの？」励子は言い返した。

「犬の悪口じゃない。おまえたちを笑っているんだ」

「犬は大好きよ。コーギーを飼っていたわ。犬と呼ばれても不名誉でもなんでもない。むしろほめ言葉。犬はあなたのような小賢しい攻撃をしない」

「かつてアメリカ人が初めて日本本土へ渡ったとき、強力な軍艦と兵器で幕府を屈服させた。アメリカはこれを〝砲艦外交〟と誇った」

「だから？」

「つまり――」

励子は時間稼ぎをしながら、サイレン號がべつの標的へ移動しないようにしていた。ドローンは通信を反復しながら離れていくので、新島はその信号を追って別方向へ行ってしまうかもしれない。カマキリ號はビルの建設現場をめざして移動した。

腕は肘から先がほとんどレギオン機におおわれている。昆虫型ロボットの増殖はあきらかに加速している。

「準備の進捗は？」励子は機関室に問いあわせた。

「あと数分かかりますわ」少佐は答えた。

「その数分でこの虫に食いつくされます」

とうとうサイレン號にみつかった。

「エコードローンごときでだませると思ったのか？」

新月刀で斬りかかってきた。腕が動かないカマキリ號はなんとかかわし、足裏のスケートとブースターの噴射で急速に後退した。サイレン號は追ってくる。新月刀を振り上げたすきを狙って、励子はその胴を蹴った。よろめいたところに腹部の大砲を撃つ。ただし攻撃ではない。砲弾は破裂して強力な煙幕を噴き出した。カマキリ號はスケートで滑ってふたたび距離を開いた。

「あとどれくらい？」励子は尋ねた。

「一分ですわ。メカが電力喪失しても安全な場所を探してください」

「了解」

道路の車を踏みつぶすが、いまは民間人の財産毀損を気にしていられない。建設中の中層集合住宅をみつけた。五角形のレイアウトで、一方向に開いた形をしている。工事中で住民はいない。カマキリ號はその中庭にはいってしゃがんだ。これで姿を隠せる。入り口が一つしかないので背後からサイレン號に襲われる心配はない。

大西少佐からようやく連絡が来た。

「パルスの準備ができましたわ。腕のレギオン機に焦点をあわせています。でももし不安定な現象が起きて狙いがはずれたら……」

「なんとか対応します。やってください！」励子は叫んだ。

メカ全体が停電した。ブリッジは三百六十度の視界が消えて暗闇に包まれた。電力喪失がいつまで続くのかわからず、パルスの効果も不明。まさかサイレン號に発見されたのではないか。

予備電源が復旧した。赤い非常灯が点灯してブリッジが赤の明暗で見えた。かつて電卓番組がモノクロだった時代は人々の見る夢もモノクロだったという。画面がカラー化されてはじめて人々の夢にも色がついたらしい。もし世界が赤一色だったら、夢や流血はどう見えただろうか。

ＢＰＧのうなりが聞こえて数秒後に、主電源がメカ全体に復旧した。画面に次々と光がもどり、展望スクリーンも明るくなった。サイレン號の姿はない。

腕は無事に動いて、励子は安堵した。レギオン機は虫の死骸の塊のようにメカの拳から剥がれ落ちた。戦闘にもどるために動こうとして……脚が固まっていることに気づいた。

「ええと……今度は脚なんですけど」

励子の報告に対して、大西少佐は答えた。

「脚の駆動系への配線が一部切れていますね。修復しますが、あくまで応急処置です」

「一時しのぎは慣れてますよ」

「駆動系交換が必要だとしたら時間がかかります。そんな時間はありませんね」

「虫が死んで手さえ動けば、サイレン號と戦えます」

五角形の集合住宅の内側に隠れて正解だった。

「この建物は無人？」励子が訊いた。

「熱反応はないな」ビショップは答えた。

カマキリ號の背面からケーブルとフックを射出して建物に固定した。建物を利用してメカの姿勢を安定させる。

「妙案だな」ビショップは言った。

「ええ。昔のメカ競技会でだれかが使った方法よ」

この集合住宅について電卓で調べてみると、三カ月後に竣工予定となっていた。半分の部屋はあきれるほど高値で販売ずみ。広い間取りに豪華な内装をそなえたエリート層のための住宅だ。ビショップはこんなところに家族と住むのが夢だった。

側方から大きな騒音が聞こえ、建物の一部が崩れた。サイレン號は正面の入り口からではなく、建物を壊して右から侵入しようとしている。カマキリ號は動かない脚を腕で持ち上げて立ち位置を変え、敵が来る方向にむきなおった。

励子はコミュニケータで大西少佐に訊いた。

「脚の修理に要する時間は？」

「オーバーホールは不要です。ただし腰の関節モジュールは要交換です。数分かかりますわ」

「数分後には脚以外なにも残ってないかも」

駆動力がなくても関節の曲げ伸ばしはできる。スタビライザーが効いて姿勢は安定している。たりないのは時間の猶予だ。なにかできないかとビショップは考えた。

考えが浮かんだ。

「ロケットパックはどこかに積んであるかな」

励子はけげんな顔でビショップを見た。

「さあ」

「大西少佐、ロケットパックは搭載されてますか？」

「非常用のパックがあります。なにをなさるの？」

「一つ使います。敵の注意をそらします」

「第十八番椎骨の背面出口のところです」

「ありがとう」言ってから、励子のほうを見た。「試したいことがある」

「わたしの目のまえで死なないでよ」

「自己責任だ」

ラダーをつたって胸郭上部の通路に下りた。メカの外見は機種ごとに大きく異なるが、内部構造には一定のパターンがある。クルーの交代を容易にするためだ。後方の脊椎モジュールへ通路を進むと、照明が次々と点灯して行く手を照らした。さらにポールをつたって後方ベイへ下りる。そこには四機の脱出ポッドとともに、八セットのロケットパックが格納されていた。それぞれカーボンファイバー製の翼とブラドリウム燃焼エンジンをそなえる。

耐熱スーツを着て、排気から頭部を守るヘルメットをかぶり、ロケットユニットをつかんだ。使いやすさと耐熱性を向上させる改修がほどこされているのがわかる。パラシュートは使用可能な状態か確認した。ライフルはハザードＳＧ‐01。軽量で適度な威力があり、ロケットパック飛行で携行するには適当だ。標準支給品の鈴木ブーツは靴底にマグネットホイールをそなえる。

　背面の脱出ハッチを開いた。むこうは建設中の集合住宅。床はあるが、外壁は未設置だ。ビショップはロケットパック各部の機能点検をして、建物に固定された足場に飛び下りた。足場は軟鋼のパイプで組まれ、建設専門の太郎ボットが働いている。補強の板材を組みつけ、防火塗装を吹いているところだ。その二機が近づいてきて尋ねた。

「人間さま、ご用事ですか？」

　ビショップの脳裏に、父に連れられてサイゴンで建設中の軍事基地を訪れたときの記憶が蘇った。そこにも自律ＡＩをそなえた愛想のいい太郎ボットがいた。父はその建物にできる最大のオフィスを使う予定で、ベトナムでまもなくはじまる作戦について話してくれた。ビショップは幼心にも誇らしく思った。

　ビショップはボットの問いかけを無視して、建物の奥へ走りながら、ロケットパックの使用準備をした。手順は体が憶えていた。すべての動作を本能的にこなして、反対側から空中へ飛び出す。体にしみついた飛び方にしたがってサイレン號のほうへ急いだ。

「聞こえる?」

ヘルメットのコミュニケータから励子の声がした。

「ああ、聞こえる。どうすればサイレン號を足留めできるかな」

「ちょろちょろ飛んでるとすぐ撃ち落とされるわよ」

「わかってる」

「だったらなんで出たの」

ナチスにやられた拷問を思い出した。

「藪蚊《やぶか》作戦でいく」

メッツガーの燃える貨物機から脱出したときは、死なないための非常手段としてロケットパックを使っただけだった。今回は昔のように自分の意思で飛んでいる。ロケットパックも改良され、ノズル後端よりうしろまで防炎板が伸びて背中をやけどする恐れがない。操縦系も精度感が高い。左右への変針とスロットルを制御するジョイスティックは、テクサーカナで使っていたオンボロパックよりよく反応する。ブラドリウム燃料は六十分飛べる残量がある。

メカよりかなり高いところを飛んでいるおかげで、ブラディマリーが引き起こした破壊の規模を見渡せた。姪の心配は頭から追い出して、サイレン號に集中した。

このメカに大ダメージをあたえられそうな弱点は見あたらない。注意をそらして進行を遅らせることを狙ったほうがいい。飛びながら観察しても背面装甲は鉄壁《てっぺき》で、背後からの攻撃は無駄だろう。建物はどんどん壊され、まもなく励子のところに到達しそうだ。

ビショップは深呼吸した。ここで死ぬかもしれない。それでも新島の注意をそらしたい。

メカのカメラまわりは防爆、耐衝撃設計がなされている。しかし壊せなくても、視野を妨害することはできる。このロケットパックはフル装備タイプなので、オイル散布用のホースもそなえる。サイレン號の頭部フェースプレートにぎりぎりまで近づいてオイルを吹きつければ、センサーの効きを妨害できるだろう。サイレン號が苛立ってこちらをむけば、カマキリ號の脚部修理に必要な数分間を稼げる。

ビショップも蚊も生存の鍵は一気呵成であることだ。迷うな、ためらうな。目標をさだめたら一直線に攻めろ。建物側に多数いる太郎ボットにまぎれてセンサーに気づかれないことを期待した。

サイレン號に近づき、ロケットのノズルをホバリングモードにした。サイレン號の正面にすばやくまわりこむのは無理だが、オイルホースを下に伸ばしてカメラのレンズを狙うことはできる。フェースプレート奥の光学センサーをみつけ、サイレン號の動きを待った。

建物を殴りつけて腕が下がる。そのタイミングでゆっくりメカの正面に下り、ホースのオイルを噴いた。しかし狙いを大きくはずした。追加でライフルでも撃ってみたが、センサー前面のフェースプレートにはじかれた。

それどころかサイレン號に気づかれた。頭部の対空砲がこちらをむき、急いで高度を上げて逃げた。弾丸はかわりに太郎ボットを何機も破壊した。

作戦失敗だ。べつの方法を試すことにした。

「励子、俺の電卓とサイレン號を専用チャンネルでつないでくれないか」

「いますぐ？」

「できれば」

「ちょっと待って」手が四本あるわけじゃないんだからとぶつぶつ言ったあと、しばらくして続けた。「返事があるかどうか知らないけど、つないだわよ」

ビショップは呼びかけた。

「サイレン號の新島大尉。こちらは若名ビショップです。テクサーカナ侵攻のある作戦でごいっしょしました」

返事がないので続けた。

「あのとき見捨てられて全滅したロケットパック隊の生き残りです。俺はナチスの捕虜になり、ほかは全員死亡しました。当時、メカの支援を求めて必死に探しました。なのに—

―」

「なんの用だ、若名ビショップ」

電卓から新島大尉の問いが響いた。メカは建物を壊す手を止めている。

ビショップは返事に驚いて口ごもった。

「は……話をしたいのです」

「そうか。あきれたずうずうしさだな。昔話をするために銃でセンサーを撃つとはどういうことだ」

「飛行中隊を見捨てた理由を教えてください」

「昔のことなどいちいち憶えていない。人ちがいではないか？」

新島は強く言った。ビショップは怒りがこみあげた。責任を否定するつもりか。

「人ちがいではありません。あなたの義務はロケットパック隊を守ることだった。俺たちの義務はブラディマリーを守ることだった。いま師として従っているらしいブラディマリーと最初に会ったときのことを、忘れたとは言わせません。テクサーカナのあの作戦には彼女も参加していた」

「ああ、あのジャンゴ隊の生き残りか」

新島は思い出したようだ。

「そうです」ビショップは語気を強めた。

「あの作戦は憶えている。あのときはたしか、作戦の真の目的をきみたちに知らせるなと命じられたのだ」

「真の目的？」

「いままで考えなかったというのか？」

「俺たちはブラディマリーを守れと言われました」

「なにから守るんだ。彼女に掩護など不要だ」

ビショップはサイレン号の頭上に移動した。ただし近づきすぎないようにした。

「じゃあ、なぜ俺たちは送りこまれたんですか？」

「言わずもがなさ。生け贄《にえ》としてだ」

「どういう意味ですか？」

「きみたちを戦場で降ろして放置しろと命じられた。なるべく多く捕虜になることを意図した作戦だった」

ビショップはロケットパックの制御を失いそうになった。かろうじて姿勢を立てなおす。

「いったいどういうことですか」

「なんらかの秘密作戦の一部だ。わたしも上官に尋ねたが、説明は聞かせてもらえなかった。おそらく彼も知る立場でなかったのだろう」

「ありえない。あれは……きわめて重要な任務だと言われました。ブラディマリーをかならず敵地に送りこめと」

「掩護などなくても敵地には侵入できた。ブラディマリーは機動スーツを着ていた。ならばロケットパック隊の掩護の有無など関係ない」

信じられない。授与された勲章も、上官からの賛辞も偽物だったのか。ビショップの生還は想定されていなかったというのか。新島の嘘ではないか？　混乱させたいだけではないか？　そうでないとしたら……この数年間の苦しみはなんだったのか。

新島がふたたび言った。

「気持ちはわかる。この国の真相の一部を知ったときはわたしも茫然とした」

「真相？」

「わたしは多村総督の支持者ではなかったが、彼が暗殺されたあと、山崗総督はわたしの家族をシェイヨル送りにした。父は、〈戦争の息子たち〉の標的にされた政治家と軍の指導者の一部をかくまったのだが、それだけのことで罪に問われた」

シェイヨル収容所については聞いたことがあった。ナチスの血塗られた施設を総督が接収し、対立勢力を処罰する収容所に改修したとされる。そこには遺伝子操作された特殊な生態環境があり、放射線銃によって対象を急速に癌化させる。〝家畜番〟と呼ばれる生体分子学者のグループが運営し、やりたい放題の医学実験をしているという。

「わたしの家族が収監されたことを夫が抗議したら、上官からいさめられた。それを無視していると、おなじくシェイヨルへ送られた。普通ならわたしも送られるところだった。しかしメカパイロットとしての技量が総督に〝必要〟とされた。より多くの政治犯を探し出すのに役立つからだ。しかしわたしがメカパイロットとして研鑽を積んできたのは、この国を守るためだ。権力欲にまみれた政治結社の死刑執行人になるためではない」

「敵に死をもたらすのが俺たちの仕事です」

「失言におびえるだけの政治家が、きみのいう〝敵〟か？　わたしはそうは思わないし、そんな仕事についたつもりはない。軍人は戦場の敵を殺すものだ。死刑執行人は政府に命じられて丸腰の人間を殺す。身のまわりの恐怖に耳を閉ざしたいなら、なにも知らないほうがいい。しかしわたしはできなかった。今回はきみを見逃してやる。無知ゆえの行動だろう。豚に真珠だが、ときにはそれも悪くない。しかしふたたび手出しするなら、容赦なく叩き落とす」

　サイレン號は建物を壊す作業にもどった。

注意をそらさなくてはいけないとビショップはわかっていた。ロケットパックごと体当たりしてブラドリウム燃料を誘爆させれば、大きなダメージをあたえられるだろう。しかし、いま聞いた話の衝撃が大きすぎて、事の是非に頭がまわらなくなっていた。

総督暗殺の真犯人がだれだろうと興味はない。それよりテクサーカナ侵攻作戦についての新島の話は本当なのか。上官たちは自分とジャンゴ隊を捕虜にさせるつもりで送り出したのか。

「新島の話、聞いたか？」ビショップは励子に言った。

「ええ」

「思いあたるところはあるか？」

「ない。この場を生き延びたらいっしょに調べましょう。ここはひとまず退がってて」

「選択の余地はなさそうだな」

「必要なときは呼ぶから」

「どんな必要があるんだ」

「死にぎわの願い事。最期の秘蹟とか」

「たとえば最期の食事はなにがいい？」

「豚肉と葱の餛飩《ワンタン》、四川料理の水煮魚、スパム入りキムチ炒飯ね。あんたは？」

「いま食いたいのは、アルマジロの丸焼き」励子の笑い声を聞いて、ビショップは続けた。

「メカを食ったことはないけど、俺のロケットパックで焼いてやる」

ビショップは建物の東端に避難して戦いを見守った。励子はチャンネルをつないだままにしたので、ブリッジ内のやりとりが聞こえた。大西少佐が言った。

「いい知らせがあります。両脚はもう動きますわ」

「ギリギリまにあった」

サイレン號がついに建物を壊し、カマキリ號に突進してきた。振り下ろされる新月刀を、励子はカマキリ號の腕を上げて止めた。サイレン號は手首を上げた。またあのレギオン弾を撃とうとしている。励子はそれを読んでいて、発射の瞬間にその籠手《こて》を下から叩いて弾道を跳ね上げた。砲弾は建物にあたり、放出されたレギオン機は鉄骨を食いはじめた。太郎ボットがあわてて防戦に集まる。

カマキリ號はナイフを投げ、それがサイレン號の前腕に刺さった。しかしレギオン砲からははずれた。

「くそっ、くそっ」

悪態をついて、そのナイフを水月ＧＲＬ‐40で撃った。着弾と同時にナイフは爆発し、サイレン號の腕が裂けた。

「よし！」

快哉を叫んだ。しかし腕の機能は失われておらず、新月刀を振り下ろしてくる。励子も雷電融合剣で応じる。

「剣の舞いよ！」

刀と刀がぶつかり、鍔迫《つばぜ》りあいになる。カマキリ號はサイレン號の脇腹を殴ってよろめかせた。その喉を太刀先で突く。しかし新月刀ではじかれた。逆に拳を頬にくらい、よろめいて建物に倒れこむ。

「下手な舞いだ」新島が言った。

励子は軽く笑ってすばやく起き上がった。

「いいパンチね」

ビショップは手に汗握る攻防を見つめた。一方が優位に見えてもすぐに形勢逆転する。怒濤の戦いが続き、周囲のすべてが震動した。カマキリ號は連打で相手の腕の配線を切った。これで手が動かなくなる。その敵の腹をつらぬこうと、雷電をかまえた。しかしサイレン號は腹のまえで腕をたたみ、そのままアルマジロのように体を丸めた。堅牢無比な背甲で全体がおおわれ、どんな攻撃も防護電流ではじかれる。雷電で全力で突いたが、もっと強く跳ね返された。

「短い舞いだったな」新島が言う。

「興がのるのはこれからよ」

両者から離れたところで、レギオン機が太郎ボットと戦っている。

「ビショップ？」大西少佐から呼びかけられた。

「はい」

「厄介なことになりました」

「そのようですね」

「サイレン號を分析すると、このアルマジロモードで防御姿勢をとっているかぎり、装甲板はあらゆる運動エネルギーを吸収して、攻撃を同等の力で跳ね返します。そして内部の損傷が完全に修復されるまでこのモードを維持できます。これは厄介です」

「なにか手段は？」

「それについて貴男《あなた》に配送をお願いしたいのです」

「引き受けますよ。ピザでなければ」

「貴男の電卓経由で妨害システムを送らせてください」

「そのシステムの目的は？」

「レギオン機のプログラムを改変して、サイレン號の内部で活性化させます」

「なるほど、サイレン號を体内から食わせようと」

「そのとおりです」

「だったら、そこからサイレン號にじかにプログラムを送ればいいのでは？」

「新島のメカは外部の電卓からのアクセスを遮断しています。そこで貴男の手でじかに接続していただきたいのです」

「うーん、どうやって？」

「そこが難問です。頭部に整備用のアクセスパネルがあるので、それを開いて貴男の電卓を有線接続してください。あとはこちらでできます」

「つまりサイレン號の肩に降りて電卓をその頭に挿せと」

「ロケットパック操縦技術の見せどころですわよ」

　敵メカへの電子攻撃のために電卓への少佐のアクセスを許可するのはかまわない。サイレン號が防御姿勢で静止しているうちなら降りられる。しかしこちらは無防備だ。流れ弾一発で死ぬ。頭部付近に降下したらさすがに気づかれるだろう。カマキリ號が次の攻撃をするタイミングで体に降下し、頭までよじ登れば、多少は気づかれにくいかもしれない。

鈴木ブーツを確認した。靴底のマグネットホイールも正常に機能する。

　すでに一日分の幸運は使いはたした気がする。失敗したとき失うものはなにかと自問した。答えはきびしい。命だ。

ビショップは死の危険にひるまずに質問した。

「有線でつないでからプログラムを送りおえるまでに、どれくらいかかりますか？」

「三十秒です」

「余裕ですね」皮肉まじりに評した。

「励子に伝えます。準備はよろしいかしら？」

「待って。一計を案じたので二人とも聞いてください」

ビショップは計画を話した。励子が言った。

「幸運を願ってるわ、ロケットマン。いつはじめる？」

「いまだ」

励子はすぐに攻撃を再開した。その太刀筋を観察し、自分が飛ぶべき経路を目測してタイミングを待った。カマキリ號がサイレン號の装甲に雷電を振り下ろすと、反力で押しもどされる。その衝撃をカマキリ號が吸収しおえたのを見はからって、ロケットを噴射して地を蹴り、刃先があたった位置に飛びついた。すぐにマグネットホイールを装甲に張りつけ、進行方向にむけた。ロケットを噴いてサイレン號の背中を滑走して登りはじめる。

これはジャンゴ隊の仲間からメカに帰還する簡便な方法として教わったものだ。射出口は狭いのでこうして機体側面を滑って登るほうが早い。アルマジロ級の装甲は表面がなめらかなので滑りやすい。メカの外側をだれかが目視しているのでないかぎり、スキャンなどで探知される恐れは少ない。

サイレン號は丸まっていても巨大だ。その金属の地平を滑っていくのは穏やかな海を渡るような感覚だった。頭部に到達してジェットパックを停止し、マグネット機能を解除した。頂点へよじ登りながら電卓をつなぐべきパネルを探す。

「到着しましたか？」大西少佐が訊いてきた。

「いま探してます」

「電卓のセンサーにアクセスさせてください」

「どうぞ」

「サーマルスキャンでアクセスポートを探して……。そこです、うなじのあたり」

少佐と電卓のおかげでパネルが見えた。そちらへ移動していると、ふいにサイレン號が動きだした。はげしい揺れとともにメカが立ち上がる。防御姿勢を解除したのだ。操作盤からブーツのマグネット機能を有効にしようとしたが、揺れがあまりに急で振り落とされそうになった。落下寸前でなんとかマグネットのスイッチをいれ、サイレン號の頭部にブーツを張りつけた。こちらの体は横むきだ。

「大丈夫ですか？」少佐が訊いてきた。

「あまり大丈夫じゃないです」

「電卓は挿せましたか」

「まだです。こっちにかまわずサイレン號に応戦してください」

サイレン號とカマキリ號はふたたび刃をまじえはじめた。サイレン號の裂けた籠手《こて》はもとにもどっている。不完全とはいえ、体を丸めているうちに修復したようだ。二機のメカははげしく戦った。ぶつかりあう大刀の衝撃が周囲のすべてを揺らす。打ちこみ、かわす動きでビショップは振りまわされる。靴底のマグネットがはずれそうだ。あぶなくて一歩も動けない。

「これではたどり着けません」

正直に認めると、少佐が助言した。

「では離脱してください。べつの方法を考えます」

しかし離脱してしまっては苦労が無駄になる。短時間でも戦闘が止まってくれればいいのだ。

あるところに注意がむいた。レギオン機と建設現場の太郎ボットが戦っている。ロボットの残骸の山が急速に築かれている。両者とも自己複製機能があって無限に増えるので、戦闘は拡大するばかりだ。二機の巨大メカの戦いに劣らず熾烈で暴力的。新島とレギオン機は破壊のかぎりをつくそうとし、励子と太郎ボットの同盟軍はかろうじて防戦している。

雷電の太刀先がサイレン號の肩をつらぬいた。引き抜き、今度はその右胸を突く。

「逃がさないわよ！」励子は叫んだ。

決着がつくかと思われたとき、サイレン號はその刀をむんずとつかんだ。串刺しにされたまま離さない。

「だれが逃げるか」新島が答える。

サイレン號は反対の前腕を上げ、組みあったままレギオン弾を撃つ姿勢になった。

「この状態で撃ったらそっちも侵食されるって、わかってる？」励子は訊いた。

「もとより覚悟している」

「両者が斃《たお》れる舞いなど美しくない」

「死の舞踏へようこそ」

ビショップはパネルへたどり着く方法を一つだけ思いついた。タイミングが重要だ。ロケットパックを始動し、マグネットホイールの固定を解除するのと同時に噴射した。急速に登っていく。ただし頭部は湾曲がきついので、勢いがつきすぎると空中に飛び出してしまう。スロットルは絞り気味にした。大西少佐がマークした位置へ来ると、ロケットを停止してマグネットホイールを固定した。

パネルは三米《メートル》先にある。そこまでマグネットの靴底で歩いた。パネルは固く閉じていてあかない。しゃがんで両手をかけて全力で引き上げる。ようやくゆるんで開いた。差し込み口がいくつかあるコンソールだ。電卓のケーブルを挿して、少佐に連絡した。レギオン弾は発射準備をしている。

「時間はどれくらい？」

「内部機界に接続しているところです。なぜそこにとどまっているのですか？」

「いや、俺の電卓が」

「買い替えればいいでしょう！　急いで離れて！」

指示にしたがってロケットパックを噴射し、離れた。

「やりましたか？」

「もうすこしです」少佐は答えた。

サイレン號はレギオン砲を撃とうとしている。撃てば両方にとって終わりだ。ところがその籠手の内部で小さな爆発が起きた。肘でも。とたんに指が握力を失い、カマキリ號をつかむ手がゆるんだ。

「励子、離れてください！」少佐が命じる。

カマキリ號は雷電から手を離して退がった。直後にサイレン號からレギオン機の大群が噴き出して全身をおおった。

「虫が解き放たれた」励子が言った。

「餌食になりたくありませんわね」と少佐。

サイレン號の腕の装甲が内側から食い破られ、腕全体が侵食されていく。

「わたしたちがやったようにエネルギーパルスで駆除するのでは」励子は少佐に言った。

「可能です。でもレギオン機の侵食速度がこれほど速いとまにあわないでしょう」答えてから、ビショップにむけて言った。「帰投してください。肩パッドのハッチをあけます」

ビショップは開いたハッチにはいった。床に着地し、ロケットパックをはずして飛行スーツを脱ぎ捨て、ブリッジへの通路をもどった。

「いい飛行だったわ」励子が声をかけた。

「少佐の作戦だよ」

新島の姿がディスプレイに表示された。背景のブリッジは炎上している。

励子のほうから言った。

「いい勝負だったわ。今回はわたしが勝ったけど、運が味方した。日をあらためて再戦しましょう。白旗をかかげなさい。そうすればいずれ機会がある」

「それはできない」新島は言った。

「強情を張らないで。ここで死ぬ必要はない」

「降伏したら自分がどうなるか、理解していないと思うか」新島は首を振った。「口にするのさえ運動の大義において恥さらしだ。しかし若名ビショップというロケットパック兵にはひとこと述べておきたい。かつての行動を謝るつもりはない。全体の利益と信じてやったことだ。しかし……善意と信念は、それがもたらした大きな害の言い訳にはならない。これをもって慰めにしてほしい」

サイレン號は新月刀をみずからの首に突き立て、ＢＰＧを暴走させた。頭部はブリッジの全員とともに爆発した。

励子はため息をつき、胸のまえで両手をあわせて小さく一礼した。

「よかれと思っての行動が双方に大きな苦痛をもたらすなんて、皮肉な世界ね」

ビショップは新島の決断に胸を痛めた。たしかに特高の尋問室には死んだほうがましな苦しみが待っていただろう。なんらかの理由で特高が穏健に対応したとしても、新島は多くの臣民を殺しすぎた。公開処刑か、山崗政権下での政治犯の運命であるシェイヨル送りはまぬがれない。

自分がおなじ立場だったらどうしただろうか。

カマキリ號はエンダービー號のところへもどった。斎藤サミュエル少佐が勝利を称えた。

「勝ちめはないと思っていたよ。おめでとう。すばらしい」

「おなじメカパイロットの死にすばらしいところなどない」

励子が冷ややかに答えると、斎藤は軽口を続けた。

「相手はきみを殺そうとしていたんだから結果は当然さ。ビールをおごりたいところだけど、そういう気分じゃなさそうだね」

励子はうなずいた。

「そうよ。さて、まだ手を借りたい？」

エンダービー号は左腕をまるごと失っている。

「皮肉なユーモアだなあ」

ビショップはがまんならずに怒鳴りつけた。

「これがユーモアだと思うのか？」

「そうは言ってない」

「首都が炎上しているときに酒に酔って任務についていたくせに。どういうつもりだ。恥ずかしいと思わないのか？」

「どうあがいたってブラディマリーは止められない」

「おまえにメカパイロットの資格はない」

「おい、ナビゲータのくせに上官への口のきき方に気をつけろ」

ビショップは鼻で笑った。

「残念ながら俺は特高課員だ」

その意味するところを理解するのに斎藤はしばらくかかったようだ。まもなく顔色が変わった。

「言動に注意することだ」

ビショップは警告してから通信を切った。燃える鋼板骨格の山と化したサイレン號を見る。

「最低のやつだったわね」励子が言った。

「あれが味方とは情けない」

大西少佐が機関室から報告した。

「カマキリ號の腕は要交換です。応急修理した関節は長くもちません。次の戦闘は耐えきれないでしょう。弾薬も残量が心許なくなっています」

「どうすれば？」

「カルバーシティの埋倉《うめぐら》メカステーションに立ち寄りましょう」

「そこは破壊されていないんですか？」

「民間工場なので攻撃対象になっていません。ＯＷＬを飛ばして確認し、技師長と連絡をとりました。新しい腕と脚を用意して待ってくれています」

行き先をカルバーシティに変更して進みはじめた。

「カルバーシティに着いたら、俺は降りて一人で姪を探しにいこうと思う」ビショップは言った。

「わかった」励子は答えた

「俺はずっと新島を憎んでいた。テクサーカナで裏切られたと思っていた。そんな内幕があったとは知らなかった。拷問の記憶はおまえもサイバーバブルで見ただろう。あれに耐えたのが無意味だったとは……」

「鵜呑みにしちゃだめよ」

「新島が嘘をついていると？」

「相手は敵なんだから」

励子は指摘した。ビショップはうなだれた。

「なにも聞かなければよかった」

「よくあることよ。理由もなにもない。教訓にならないし対策もできない。ただのクソ。腹が立つだけ。過ぎたことは忘れるしかない。でないと怒りにのまれて、まわりに害をおよぼしている自分に気づけなくなる」

「俺はもう遅い」

「姪っ子を探すのは遅くない」

ビショップは深く息をした。

「姪を探す目的だけだな、俺を前に進ませるのは」

「いっしょに探すわよ」

励子は約束した。

ビショップは廃墟と化した市街地を見まわし、怒りに全身を震わせた。二人はかならず生きている。気を鎮めるために自分に言い聞かせた。生きているはずだ。

守川励子
カルバーシティ

1

多村総督暗殺のために出撃した太閤市の夜のことを、励子は考えていた。当時の決断を思い出して怒りが強く湧く。どうしてこんなことになったのか。総督暗殺は新時代の幕開けではなかったのか。

ビショップを見ると、通信システムから家族への連絡を試みている。新島の告発を聞いてどんな思いが去来しているのか。励子自身もこの先に進むことで自分にかんする真相が暴露されるのが不安だった。とりわけ旧友の嶽見ダニエラとの対峙が怖い。

ビショップが痛そうにうめいた。

「どうしたの？」

「急に体が痛くなってきた。鎮痛剤が切れたらしい。追加はあるか？」

「あっち」

励子は医薬品の収納場所を教えた。

大西少佐がＯＷＬドローンの情報をもとに埋倉ステーションへのルートを設定し、戦闘地域を避けて進んでいる。

新島を倒したところから北西へ十九粁《キロ》の地点で、五機のレイバー級がパイナップルの輪切りのように切り刻まれているのを発見した。ハイウェイを二車線拡張するインフラ整備工事をしていたらしい。いまそのハイウェイには大穴があき、壊れた自動車が折り重なっている。レイバー級はＳＯＳを発信して救助を求めているが、励子は無視して前進した。敵はこういう罠をしかけることがよくある。たとえ真正な救助依頼でも、現在の機体状況ではあまり役に立てない。

八分後にイングルウッドにはいって、北へ進路を変えた。ロサンジェルスにあってイングルウッドは破壊をまぬがれていた。巨大なビルや商業施設に客の姿はないが、壁面には広告が流れている。世界的に有名なシェフのシェ・ハルナが南極点地下の氷の殿堂を訪れる食べ歩き旅行番組が告知されている。粘土文字から復元された宇宙兵器を見せるナタリア・セルベラ展が来月から開幕するらしい。皇国じゅうの有名歌手が一週間にわたって集うソウォーズ・ポップミュージック祭も開催される。

　驚く光景もあった。楽師《がくし》ショッピングアーケードの拡張工事現場で三機のレイバー級がまだ働いていた。ここは隣接する真木《まき》進滋《しんじ》大学の学生の御用達になっている。大学は巨大な猿の形をした中央棟で有名だ。

　励子はレイバー級のパイロットに尋ねた。

「なにやってるの？」

「仕事だよ。あんたは？」パイロットは訊き返した。

「わたしは守川励子大尉。ロサンジェルスが攻撃を受けていることを知らないの？」

「攻撃？　いつからだい？」

「全部が破壊されつつあるのよ」

「知らねえ。こっちは工期が迫ってるんだ。今週中にうちの工区を終わらせないと馘《くび》になる」

「軍から強く助言します。メカを停止して機体から離れてください」

「悪いけどな、大尉さん、こっちゃ忙しいんだ」

「死んだら仕事もなにもないでしょう。市内のあらゆるメカが攻撃対象なのよ」

パイロットたちは無視して作業を続けた。

カマキリ號は先へ進んだ。

カルバーシティは電卓娯楽の制作スタジオが集まる皇国有数の中心地で、町全体がアミューズメントパークのようになっている。有名な電卓パフォーマーが出演する巨大なホロ広告があり、ジェームズ・レイトンが演じる『ジーザス・クライスト・神道スーパースター』や、有名監督里山《さとやま》ｃｏｃｏの最新作でアートとコメディの傑作『フィッシュ・メカとファイナル・ガニメデ・ラブ・ティアーズ・サガXIVパート３』などが宣伝されている。通りにはポピュラーアーティストのＫＡＹｉによる不思議な猫の彫像が並んでいる。

埋倉ステーションが見えてきた。ロサンジェルス西部における非軍用メカの整備拠点だ。さいわい、軍用メカの改修、部品交換、改造もできる。

励子はメッセージを送った。

「こちらは守川励子大尉です。カマキリ號の交換部品があると聞いて来ました」

太い葉巻をくわえた男が返事をした。

「埋倉ステーションの技師長、鄙《ひ》口《ぐち》真実《まさみ》だ。大西範子少佐から供出命令を受けた。腕と脚の部品は取り寄せ中だよ」そこで葉巻を口からはずして地面に唾を吐いた。「しかし市内は混乱状態だ。届くはずの貨物がすでに四個も失われてる。あんたらの部品を載せた輸送メカも救難信号を出したっきり連絡が途絶してるぜ」

「位置はわかりますか？」

「最後の発信があったのはここから八粁《キロ》東だ」葉巻をくわえなおして右半分の口で話す。

「輸送メカのパイロットは、睡眠不足なのか葉っぱをやってるのか知らんが、おかしな報告をしてた。近づくと姿を消す幽霊メカから攻撃を受けたって」

「姿を消す……？　調べてみます」

「片腕が故障中ですよ」大西少佐が指摘した。

「ほかは動きます。ここはやむをえません」

少佐は慎重ながら譲歩した。

「不必要な危険は避けてください」

「わかりました」励子はビショップを見た。「ここで降りてもかまわないわよ」

「いや、修理完了までつきあう」ビショップは答えた。

「ありがとう。でも途中でやられたり、最悪の事態になるかもよ」

「この状態で見捨てられない。たいしたことはできないが、ロケットパックが役に立つかもしれない」

励子はその義務感に感謝した。

「おおいに役に立ってくれたわよ」

カマキリ號は東へむかった。やがて破壊されたパトロールカーと警備輸送車が何台もころがっているのを発見した。道路に動くものはない。人々は隠れているか、どこか遠くへ逃げたのだろう。

大型のメカが地面にへたりこみ、機体から煙を上げている。励子はビショップに訊いた。

「敵？　味方？」

「味方だと思う。呼びかけてきている」

むこうのパイロットから名乗った。

「白鳥《はくちょう》號の高牧《たかまき》レイチェル少佐だ。来てくれてありがたい」

高牧レイチェルといえば評判は聞いていた。数多くの勲章を受けたメカパイロットで、ロサンジェルス防衛隊のかなめと謳われている。この二十年間に四十回を超えるメカ戦闘を経験したベテランで、テクサーカナ砦、サンディエゴ、ベトナム、アフガニスタン、ビルマ、ウィチタでめざましい戦功を挙げている。愛機の白鳥號は近代化改修ずみのリバイアサン級だ。曲線的な銀色の装甲は特殊なステルス加工がなされ、バイオメカの攻撃にも耐える。レーザーブレードの銃剣付きM91は近年の紛争でナチスを苦しめてきた。

「守川大尉です。なにが起きたのですか？」

白鳥號は深手を負い、両手を失っている。立とうにも立てないらしい。

「ストライダー號というメカにやられた」

高牧レイチェルは四十代半ばで、励子の倍はありそうな太い腕を持つ筋骨隆々たる女性だ。ロシア人と中国人の混血で、身長は励子くらいだが、横幅ははるかに大きい。軽量で柔軟なエグゾスケルトン、グローブ、ゴーグルをつけ、粘着式のソフトヘルメットをかぶっている。瞳は濃い緑で、出撃中のメカパイロットによく見られる黒いフェースペイントを顔の上半分にほどこしている。

「パイロットの嶽見ダニエラは加速モジュールを使っている」

ダニエラがブラディマリー側にいることは知っていたが、対決せずにすむことを心のどこかで願っていた。しかし次の敵は長年の友人らしいとわかり、不安を隠せなくなった。

「たしか、近接戦闘でメカが超高速で動けるようにする特殊モジュールですね」

「そうだ。速すぎて大半のパイロットは操れないが、機甲軍で嶽見だけはうまく使える」

「超高速動作を連続させるにはエネルギー消費も膨大なはずですが」

「そのためにＢＰＧを二基積んでいますわ」大西少佐が指摘した。

高牧少佐も言う。

「そもそも戦闘は長く続かない。われわれは一分以下でやられた。目にもとまらぬ早業だった」

「ストライダー號はどの方向へ？」励子は訊いた。

「残念ながらスキャナーをやられたので、どこへ行ったかわからない。失敗だった。自分なら倒せるという過信があった。しかし無理だった。きみはスカリア一九式電磁銃を持っているからかなり有利だろう」

「どういうことですか？」

「電磁銃を使えばスピードに対処できる。相手の動きを抑えることで互角に戦えるようになる。加速モジュールが開発中という噂は耳にしていたが、それを使うメカと戦ったのは初めてだった」

「じつはこの電磁銃は故障中なんです」

「それでは勝ちめはないぞ」

大西少佐がすぐに助言した。

「ご心配なく。埋倉ステーションで修理可能です」

それも計算のうちだったらしい。

ビショップが励子に言った。

「ナビのセンサーによると、すぐ東で味方のメカ四機がべつのメカ一機と戦っている」

「それがストライダー號かしら」

そうでないことを願う一方で、ダニエラにもう一度会いたい気持ちもあった。

高牧少佐が言った。

「可能性は高いだろう。まさか追うつもりか？」

「このメカの補修部品が輸送途中で行方不明になり、探しています。そちらは大丈夫ですか？　立てますか？」

高牧少佐はつねならぬ弱い立場に苛立った。

「脚をやられて立てない。白鳥號を動けなくするために正確に狙ってきた。掩護してやりたいが、できない。すまない」

「お気になさらず。ご自身は大丈夫ですか？」

「近くにシェルターがあるので、そこに退避する」

カマキリ號は東へ移動した。八階建ての商業ビルが並ぶところで、四機のガーディアン級が一機のメカと対峙していた。相手の機体は見覚えがある。多村総督暗殺の夜に助けにきてくれたメカ。クワガタムシのような二本の角がはえ、二本のブーメランを持つ。嶽見ダニエラの愛機ストライダー號だ。

それが先頭のガーディアン級を倒すようすに励子は慄然とした。とにかく動きが速すぎて目が追いつかないのが恐ろしい。

輸送メカ二機もみつけた。カマキリ號用の補修コンポーネントを積んでいる。荷台から四本脚がはえたような基本形状で、重量物の輸送用に設計されている。呼びかけるとパイロットが不機嫌そうに答えた。

「レールを障害物がふさいでる。迂回ルートはこの殺し屋メカがいるところしかねえんだよ」

ビショップが詳細を報告した。

「破壊されたメカ二機がレールの上に倒れている」

「機内に生存者は？」

ビショップは調べてから答えた。

「スキャンしたかぎりではいない。そのまえに……ストライダー號と戦う必要がありそうだ」

ストライダー號の優勢は明白だったが、驚いたことに、輸送メカのパイロットと話したわずかな時間にガーディアン級が四機とも片づけられていた。輸送メカの障害物除去はあとまわしだ。

ストライダー號はこちらにむきなおり、ブーメランを正面にかまえた。

励子は深呼吸して呼びかけた。

「こちらはカマキリ號の守川励子大尉。探したわよ、この一年」

嶽見ダニエラは励子と同年だ。眉も髪も剃り落としている。イタリア系とスペイン系の混血で長身。力強い頬骨をフェースペイントで強調している。黒いパイロットスーツにはインターフェースを増強する補助具がいろいろ追加されている。用途不明の複雑な機械も装備している。スプリングで引いているのは急速な動作を補正するためか。これが加速モジュールだろうか。

「いままで？」ダニエラが訊いた。

「居場所がわからなかったのよ」

「ここに来たのは敵として？　それとも味方？」

励子は黙りこんで返事を考えた。

「敵だけど、戦わずにすむ道もある」

「その点は同意するわ」

「武器を捨てて立ち去ってくれれば、それでいい」

「新島は？」

「亡くなったわ」

「殺したの？」

「戦いが決したあとで自決したのよ」

　ダニエラの目に苦痛の色が浮かんだ。

「名誉の死よ」

「あなたを説得できるとは思ってない。でも本当は真の敵であるナチスを相手にともに戦うべきなのよ。こんな内部抗争は敵を利するだけ」

「わたしたちは勝利後にあらためてナチスに対処する。あらかじめ忠告するけど、このメカははるかに優秀なテクノロジーをそなえている。命が惜しければ退きなさい」

「そうはいかない」

「言うと思った」

　ストライダー号からしかけてきた。長いブーメランを刀のかわりにしてはげしく打ちこんでくる。片腕がきかないカマキリ号は一回ずつ慎重に受け流し、新たな手傷を負わないようにした。何度か刺突《しとつ》を試みるが、阻止された。ダニエラはまだ手加減している。

「大尉、腕を切り離します」大西少佐がふいに言った。

「なぜですか？」

「考えがあります」

少佐は砲術管制席から機関室機能を操作した。

カマキリ號の動かない片腕が、突然、肩関節からはずれて落下し、大きな音とともに地面にころがった。励子が少佐に抗議しようとしたとき、ストライダー號が一歩退いた。

「メカの損傷がひどいわね。腕はどうしたの？」

「新島との戦闘で侵食されたのよ。でも情けは無用。勝負は勝負よ」

「輸送メカに積まれた腕と脚の部品はあなたの？」

「そのはず」

「フェアな戦いにならないわね。修理して出直しなさい。そのときは本気で戦ってあげる」

ストライダー號は背をむけて東へ去っていった。

「意外な展開だ」ビショップが言った。

励子にはそれほど意外ではなかった。

「バークリー時代のメカ競技会を思い出すわ。ダニエラの最初の対戦相手はまだ操作がおぼつかない候補生で、まともにメカを立たせることもできなかった。ダニエラは攻撃を受け流すばかりで、とどめを刺さなかった。弱い相手を痛めつけるのは不名誉だと考えたのよ。主審から警告を受けると、抗議せずに失格を受けいれた」

「憶えています」大西少佐が言った。

「だからダニエラが退くと予想して、腕を？」

「そうです」

「退かなかったらどうするつもりだったんですか」

「どのみち動かない腕。失っても惜しくありません」

励子はダニエラとのバークリー時代を思い出した。学生寮で部屋が隣だった。ダニエラは自炊派で、一週間の献立にそって餃子や豆腐入りの味噌汁や梨などを弁当に詰めていた。励子は料理が苦手な外食派で、寮のカフェテリアで食べるか（しかしビュッフェ料理にはすぐあきた）、お気にいりの店〈スナッチャースライス〉で新神戸ピザを食べる毎日だった。ダニエラはときどき励子のために料理をつくり、健康のために自炊しろと力説した。

「好きで退廃的な食生活をやってるのよ」励子はそう反論したものだ。

眠れない夜には大学のお気にいりの講義について議論した。児島《こじま》教授の講座は現代社会における実存とソーシャル政治についてで、従来の常識に新たな光をあてるものだった。二人はさまざまな話題をとりあげ、論点や解釈をめぐって夜通し白熱した議論をかわした。ダニエラは熱心でありながらフェアな論者で、論拠に乏しいときはいさぎよく認めた。問題を精査して自説に有利なところを探してから論を立てる性格だった。

　コクピットの通信席からビショップが言った。

「なぜ舌なめずりをしてるんだ？」

「してる？」

「千粁《キロ》くらい遠くを見る目だ」

「昔々のバークリーまで千粁か……」

　ビショップは笑った。

　輸送メカの進路をはばむメカの残骸を排除して、カマキリ號は埋倉ステーションへもどった。

2

　カルバーシティの埋倉メカステーションには驚くほど多様なメカがある。大型メカが必要とされる特別なイベントむけに、注文にあわせて改造メカを仕立てるのが得意だ。電卓映画の撮影用にメカのレンタルも請け負う。軍は貸し出さないので民間の出番だ。たとえば伝説的な第一世代であるフォックス級を再現したメカもあった。新しい映画シリーズ用に製作されたという。励子が好きなボクタイ級もあった。太陽エネルギーを集めて必殺ビームを発射するもので、かつて電卓番組の主役として活躍した。

空から見た埋倉ステーションは、地下数百米《メートル》まで掘られた巨大な穴だ。その内側に円形のメカ格納庫が何層も連なっている。

カマキリ號が入り口に近づくと、見知らぬメカが近づいてきた。大型で分厚い装甲をまとい、二振りの融合剣を手にしたメカサムライだ。機体には〝ハリネズミ弐號〟とある。カマキリ號は残った腕で雷電を抜いてかまえた。

「警戒は無用ですわ」大西少佐が励子に言った。

「ご存じなんですか？」

「応援要請に応じてくれたパイロットです」

長い前髪で顔をなかば隠した男が画面に映し出された。口のまわりが食べ物かすで汚れている。

「遅うなってすまんな。スーパーでチョリソのホットドッグとパイナップルジュースを買いこんできたんや。なかなかうまいで」

口を大きくあけて咀嚼《そしゃく》中のものをカメラに見せた。

「お変わりありませんね」少佐はほがらかに笑った。

「おお、いつもどおりや」

「……だれ？」励子は訊いた。

「わいのことはKとでも呼んでくれ。ところでどないなっとるんや、この街は。いや、言わんでええ。どこのどいつをしばいたらええんや、範子？」

「詳しくは埋倉でお話ししましょう」

「ええで。ソーセージがあればな。あんちゃんたち、ソーセージは好きか？」

ビショップが答えた。

「俺は加工食品は食わないことにしている」

「〝加工〟食品て、なんや？」Kは尋ねた。

「添加剤をどっさりいれて偽物を本物のような味にしたててある食べ物のことだ」

「あんちゃん、潔癖症やな。まあ、わいもよけいな味付けなしのソーセージが好みや。それでもこのチョリソはうまい。わさびホットドッグもな。食うたことあるか？　もう、涙がちょちょぎれるで。コーヒー牛乳といっしょに食わんと、あとでケツに火がついて一時間に十回も便所いくはめになる」

「体に悪そうだ」

「体に悪いのはなんでもやで。心配するのかてストレスで体の毒になる。なあんも考えんのが一番や」

カマキリ號は指定場所で停止した。フェースプレートを開いて、整備場へのプラットフォームが上がってくるのを待つ。

励子はビショップに訊いた。

「あんたはこれからどうする？」

「ロケットパックを一つ借りて、マイアとレナのアパートメントを確認してこようと思ってる」

「メカでいっしょに行けばいいじゃない。交渉して一機借りるから」

「おまえはここにいろ」

「手伝うって言ってるの」

「首都防衛はおまえの肩にかかってるんだ」

背後の砲術管制席で確認作業をしていた大西少佐が口をはさんだ。

「住所を教えてくだされば、すぐにドローンを飛ばして調べますわ」

「いいんですか？」

少佐はうなずいた。ビショップは関連情報と写真を送り、少佐はＯＷＬを一機発進させた。

　プラットフォームが上がってきて、三人の整備員が機内に乗ってきた。励子とビショップはいれかわりに機外に降りた。

「おまえにとってはつらい戦いが待ってるな」ビショップが言った。

「気が滅入る」

「ダニエラはなぜブラディマリーの仲間になったんだろうな」

「直接会って問いただしたい。あんた、体は大丈夫？」

「大丈夫じゃないけど、そんなこと言ってられん」

　降りたところで鄙口技師長が待っていた。

「大西少佐は？」

「ブリッジです」励子は答えた。

「依頼どおり、スカリアの調整とＢＰＧのメルーゾ強化装置を手配した。両方組みこめば電磁銃の出力が大幅に上がる」

　どちらの改修も初耳だ。

「作業時間は？」

「二時間」

壁に壮大な壁画があるのに気づいた。バイオメカ一機と蟹メカ複数の戦闘が克明に描き出されている。

「いい絵ですね」

「流児《りゅうじ》のオリジナルだぜ。大金がかかったが、その価値はあった」鄙口は葉巻を口の反対側へ寄せた。「ブラディマリーの軍勢に幽霊メカがいるって話、ほんとか？」

「いるわけないでしょう。どうして？」

「噂でもちきりだからさ。敵はこの世のものならぬ化け物メカをしたがえてるって」

「そんな怪奇現象じゃないですよ。超高速機動が可能な秘密技術が敵のメカに搭載されてるってだけ。みんなに説明してあげてください。恐怖心理は不利です」

鄙口はカマキリ號の腕の交換作業をはじめた整備チームへ指示を出しにいった。

「この幽霊メカの噂が数年後も流れてることに賭けるぜ」ビショップが言った。

「ブラディマリーのいつもの心理戦術よ」

「お得意だな。獲物の一部をあえて殺さずに見逃すのもそれだ」

「どういうこと？」

「恐怖の噂を拡散させたいんだよ」

「ブラディマリーの過去をよく知る人間がどこかにいるはずなんだけど」

「おまえからもらったファイルによると、あいつの活動は四十年以上におよぶ」

「四十年？　いったい何歳なの？」

「さあな。そしてその上官は全員死亡してる。事故死もあれば自然死もある」

「自然死がかえって怪しいわね」

「それらの上官の情報はすべて封印されてる」

　励子は驚いた。

「全員死んでるばかりか、その情報を隠蔽している人間がいるってことね」

「この時代にまだ秘密が存在してるとはな」

「秘密が不思議？」

「政府にとって俺たちはアクセス可能な数字の羅列にすぎないんだ。それぞれの人間性も数字として解釈される」

「それを解釈するのがあんたの仕事ってわけ？」

　ビショップは首を振った。

「俺はフィルターだ。臣民を国賊とそれ以外にえり分ける」

「じゃあ、皇国のためを思って抜本的変革をめざす愛国者と、ただの有害な国賊を確実に区別できる？」

「それは上司の出番だ」

「上司は絶対にまちがえない？」

ビショップは言葉に詰まり、残念そうに認めた。

「ないとはいえないな」

「ぞっとするわね。上司と見解がくいちがったら？」

ビショップは肩をすくめた。

「理屈のうえで、俺は上司の判断に逆らえない。逆らったらたちまち国賊リスト入りだ」

顔を上げて、メカの腕がカマキリ号の肩関節にはめこまれるのを見た。

「ストライダー號は幽霊みたいに人知を超えた動きをするぞ。あの加速モジュールにどう対抗する？」

「メカはパイロットしだいのものよ。武器も防具も関係ない。優秀なパイロットがかならず勝つ」

「竹槍対ジェット戦闘機でも？」

「ロケットパック兵が巨大メカの急所を突いた事例がさっきあったじゃない」

「楽天家だな」

「自分のなかの悲観主義者を抑えるためよ」

腕の接続作業をする整備員たちを眺めながら続けた。

「ダニエラと戦いたくない……」

「だったら戦わなきゃいい」

「なにそれ」

「やりたくないことはやるな」

「対決は必須なのよ」

「なぜだ」

「この街を守るために」

「だれかにまかせろ」

「ほかにパイロットはいないわ」

「だれかしらいるさ。いやなことを背負いこむな」

「軍にいるとそうはいかない」

「俺もそう思ってた。その結果がテクサーカナでの地獄だ」

「あんたの仕事って、皇国臣民が規範からはずれないよう戒《いまし》めることじゃなかったの？」

「いまは革命期だ。規範は日々変わる」

そこへ例のKというパイロットがやってきた。

「範子はどこにおる？」

「ここですわ」

　大西少佐がちょうどプラットフォームへ降りてきた。

「いつものクルーはどうしたんや？」

　少佐の表情が暗くなった。

「渡部プリス将軍の奇襲を受けたのです」

「みんな殺されたんか」

　驚くKに、少佐はうなずいた。

「むごい話やな。いいクルーやったのに」

「最高でしたわ」

「脚はどないした」

「重傷です。再生槽で治療する必要があるでしょう」少佐はビショップに言った。「姪ごさんと義妹さんは雙葉《ふたば》地下シェルターに安全に登録されていました」

「無事なんですか？」

「そのようです。対抗勢力のメカはシェルター付近にいません。さほど遠くないので訪問できますよ」

「行きます」

「わたしも」励子が言った。

ビショップが反対しかけると、大西少佐が言った。

「九十分でもどれればちょうどいいはずです。むこうに高牧少佐がいるはずなので、乗せて帰ってきてください」

「わかりました」励子は答えた。

大西少佐はＫを見た。

「お二人を運んであげてください」

「なんでわいが。タクシーやあらへんど」

「守川大尉と高牧少佐の安全確保のためです。二人とも次の戦闘で欠かせない人材ですから」

「しゃあないな」

「俺は？」ビショップはつぶやいた。

少佐は笑った。

「貴男もですわ」

Kは自分のメカの足部分にあるリビングに二人を迎えいれた。ベンチとテーブルと小型冷蔵庫がそなえられている。壁には日本刀二振りと散弾銃一挺がかけられている。

あらためて近くから見ると、Kは三十代後半らしかった。痩せて顔は青白く、いたずらっぽい目をして無精髭を伸ばしている。ハリネズミ弐號の自動操縦を電卓から設定すると、冷蔵庫からソーセージの袋を出して、ビショップと励子に見せた。

「食うか？」

ビショップは丁重に断ったが、励子は一本受けとってかじった。

「悪くない。これにあう飲み物は？」

「プルーンジュースとクランベリージュースやな。パイナップルジュースはブリッジの冷蔵庫にしかない。あるもの好きに飲んでかめへんで」

励子は冷蔵庫から適当なボトルを取ってきた。

「ビショップ、あんたも食べてみなさいよ」

「俺は遠慮する。ともかく、きみは機甲軍の兵士なのかい？」ビショップは訊いた。

「そんなんようやらん」

「じゃあどうして自分のメカを？」

「ハリネズミ弐號は自前や。数年かかったけど、出来は完璧やで」

励子は驚いた。

「自前って、自分でつくったってこと？」

「そうや」

「不可能よ」

「多少時間はかかったけど、不可能やあらへん」

「大西少佐とはどこで知りあいに？」ビショップが訊いた。

「まあ昔の戦友や」

「いつごろ？」

「とびとびにな。質問ばっかしやな」ソーセージをかじった。

「好奇心からね」

「そっちは範子とどういう知りあいや」

Kから訊かれて、ビショップはメカステーションでの遭遇とその後の戦闘について説明した。ブラディマリーとその革命についても知るかぎり話した。

Kは鼻で笑った。

「ブラディマリーやら、ジケン計画やら、ウルフヘトナーやら。二年くらい島に引きこもっとったけど、あいもかわらずやな。おかしな名前におかしな理由で殺しあいしよる。わいは最前列で見物させてもらうで」

「これが娯楽だと？」

「アクションシーンを見とらんからまだわからんけど、おもろなかったらわざわざ来んわ」

Kは平然と答えた。

雙葉シェルターは、嶽見ダニエラと交戦した地点からそれほど遠くなかった。核攻撃に耐える設計で収容能力は二千人だ。

「きみも来るかい？」ビショップがKに尋ねた。

「まかせるわ」

Kは足のリビングに残り、励子はビショップとシェルターにはいった。出てきたのは責任者の古谷《ふるたに》医師だ。二人を見ておおいに安堵したようすで、熱心に訊いた。

「外の危険は制圧できたのかい？」

医師の背後には負傷した警官や兵士が集まっていた。多くは包帯をして苦痛に耐えているようすだ。

励子は答えた。

「まだです。ここには何人収容されていますか？」

「限度いっぱいだ。なのにスタッフは十四人しかいない。大混乱だよ。負傷者は三百八十九人からそれ以上。医薬品が不足している。とくに鎮痛剤がない。酒居《さかい》充泰《みつやす》病院に搬送する必要がある」そこは有名脚本家の名を冠した総合病院だ。「しかし本格的な支援がないと運べない。なにか搬送手段はないか？」

「いまはないですね」励子は兵士のうめき声を聞きながら答えた。

「じつは人を探しにきたんです。若名マイアとレナです」ビショップは言った。

古谷医師はけげんな顔になった。

「用件は？」

「義妹と姪なんです」

古谷医師は電卓で検索した。

「収容者リストにある。呼び出しの放送をかけよう」

まもなく自動音声が施設内に流れた。

「若名マイアさんとレナさん、いらっしゃったら最上階へおいでください」

「高牧レイチェル少佐もお願いします」励子は追加で頼んだ。

古谷医師は歓迎の態度から一転して怒気をはらんだ口調になった。

「きみたちは救援に来てくれたのではないのか?」

「救援はあとで手配しますが――」

励子が言いおえるまえに医師は怒りで鼻を鳴らした。

「かまってる暇はない」

言い捨てて去っていった。

施設内の負傷者の程度はさまざまだった。打撲や出血から、四肢の切断などで危篤状態の重傷者までいる。壁の電卓スクリーンには遺体袋にはいった死者数が九十二人と表示されていた。

「俺たちにできることはないのか?」ビショップが励子に尋ねた。

「大西少佐に相談しないと。でもロサンジェルスにはこういうシェルターが百以上あって、どこも満員の収容者がいるはず」

「全都が破壊されるまえにブラディマリーを倒すしかないってことか」

「そうね」

少女があらわれた。顔がすすで黒く汚れ、髪は乱れている。恐怖でひきつった表情だったが、ビショップを見ると大きな笑みに変わった。駆け寄って飛びついてきたのを、ビショップは両腕で抱きとめ、ぐるりと一回転した。無事で安心したようすだ。レナは泣きなから大声で言った。

「ビショップおじさん！　来てくれると思った！　ママにそう言ってた！」

ビショップは抱きしめた。

「遅くなってごめん。泣くな」

涙をぬぐってやったが、レナの涙は止まらない。

「怖かった。メカがビルをどんどん壊して、どんどん迫ってきたの。踏みつぶされた家族もいた。道を走って横断している女の子の上に自動車が落ちてきたことも。警察のメカはみんなやられちゃった」

「俺たちがやっつけるよ」ビショップは約束した。

「なぜあたしたちを攻撃するメカがいるの？」

「悪いやつが乗ってるからさ」

「味方のはずなのに！」

「いまはちがう。あいつらは国賊だ」

「どうして国賊になったの？」

ビショップは返事に窮している。励子はそのようすに同情した。この子より二十歳くらい年上の自分たちもその答えをみつけられずにいる。

母親のマイアはその背後に立っていた。疲れたようすで片腕をギプスで固定している。

ビショップが声をかけた。

「大丈夫か？」

「いいえ、大丈夫じゃない」語気を強めて言う。「こういうことを防ぐのがあなたの仕事じゃないの？」

「やってるよ。ここまでどうやって避難したんだ？」

「特高の人が何人かあらわれて運んでくれた。ここなら安全だからと」

ビショップは上司の槻野に感謝した。

「戦闘は終わったの？」マイアが訊いた。

「まだだ」ビショップは認めた。

「あのメカはまだあばれてるの？」

「そうだ」

「じゃあ、なにしに来たのよ」

「きみたちの無事を確認しようと」

「二人だけで生き延びてきたから心配しないで」にべもなく言った。「あなたは外で仕事をして」

　励子は冷淡な口調や態度に腹が立って、口を出した。

「彼は命がけでメカとの戦いを手伝ってくれたんです」

　マイアは口調に怒気を残したまま訊いた。

「あなたは？」

「守川励子大尉です。これまで――」

　言いかけると、ビショップが手で制した。

「マイアの言うとおりだ。あいつらを倒しに行くべきだ。埋倉ステーションにもどろう」

「そのまえに高牧少佐を探さないと」

　励子は施設のスタッフを探しに奥へはいった。ビショップはレナを笑顔にしようと食事の話をしている。

「マンゴー・ピザを食べたい。今度はアンチョビ抜きで」レナが言った。

「レナの亀はイワシが好きだろう。おなじ種類だぞ」

「亀はピザ食べないもん」

　レナはくすくす笑っている。

　励子はスタッフをみつけて少佐を呼び出してもらった。十分後に高牧少佐が上がってきた。励子が大西少佐の依頼を説明すると、少佐は協力を了承して、先にＫのメカのほうへ行った。

　励子はビショップに声をかけた。

「行きましょう」

「行っちゃうの？」レナが訊いた。

「仕事だから」

「あたしも行く」レナは言い張った。

　母親のマイアがなだめた。

「レナ、外はあぶないのよ。すなおに――」

「行くったら行く！」

「レナ――」

「じっとしてるのはいや。役に立ちたい！　あたしは訓練中の特高課員よ。人々を悪いメカから守るの」

　ビショップは笑顔で説得にかかった。

「ありがとう。レナならやれるはずだ。でも、ここの人たちも助けを求めてる。だから一日名誉兵士に任命しよう」

「一日名誉兵士なんてないもん！　連れていきたくないからそんなこと言って」

お見通しだという顔でレナは言った。

　ビショップはうなずいた。

「まあ、そのとおりだ。でも外は危険なんだよ。それに、レナのママと街を同時には守れない。だからママを守るのはレナに頼む」

「じゃあ、ビショップおじさんをだれが守るの？」

「わたしが守るわ」励子は口を出した。

「約束？」

　励子は約束しようとしたが、マイアが割りこんだ。

「兵士は約束を守らないのよ。いらっしゃい、レナ」

　娘の抗議に耳を貸さず、抱き上げて運び去った。

　ビショップのつらそうな表情を、励子は横目で見た。いっしょにシェルターを出ながら声をかける。

「いい姪ごさんね」

「彼女は苦労したんだ」ビショップは義妹について言った。「しかたない。結婚してすぐ未亡人になった。女手一つの子育ては楽じゃない」

「でも、あんな言い方しなくても」

　ビショップは首を振った。

「弟を守ると約束したのは俺なんだ。かならず無事に帰すとマイアに約束した。なのに……それができなかったと連絡した夜は人生でいちばんつらかったよ」

　励子はビショップを見て謝った。

「ごめんなさい」

「いいんだ。あの二人が俺の唯一の家族なんだ」

　励子の家族はもういない。家族にいちばん近いのは〈戦争の息子たち〉だった。その最大の絆だった友人と、これから戦場で対決しなくてはならない。

　メカの足に乗りこむと、高牧少佐はKとソーセージを食べていた。

　埋倉ステーションにもどるとカマキリ號の修理は完了していた。励子はブリッジに上がって一連の基本動作をはじめた。新規部品の機能性と強度の確認だ。本来なら実戦配備前に一カ月以上かけてやるべき負荷試験だが、いまはそんな暇がない。簡易な手順で試した。カマキリ號は改修され、スカリア電磁銃を使ってイナゴ號のときより四倍重いものまで磁化して動かせるようになった。

「操縦感覚はどうだい？」鄙口技師長が訊いた。

「上々です」

「スカリアを使ってみてくれ。ブースト用のモジュラー部品があったのでたっぷり増設しておいた。大西少佐の紹介でバークリーの延末《のぶすえ》技師長とも連絡をとった。そのスカリアを使うのにメカ本体は問題ないはずとのことだ」

励子はもう一度試験させてほしいと頼んだ。

ナビゲーション席からビショップが訊いた。

「壊れるのが心配なのか？」

「メカは精密機械なのよ。ちょっとしたバランスの狂いから戦闘中に強い負荷が発生することもある。肩関節のボルトの種類がすこしちがっただけで故障したメカもあるわ」

「納得するまでやってくれ」

三十分後には出撃準備ができた。三機のメカが合流した。ハリネズミ弐號はもちろんKの乗機。さらに高牧少佐と大西少佐のメカが加わった。外観からするとベヨネッタ級らしい。戦闘用の機体だ。大西少佐が説明した。

「十年前に軍から払い下げられた古い機体です。以後、埋倉で何度か改造と改修がおこなわれて戦闘能力は維持しています」

「脚のお怪我は？」励子は少佐に訊いた。

「鎮痛剤とステロイドを注射して、再生槽で温浸療法を一時間半受けました。可動範囲は狭めですがなんとか動けます」

高牧少佐の乗機はスレーヴ参號という呼称になった。大西少佐のはヴァルキリー號だ。

四機が集合したところで、大西少佐はストライダー號を倒す作戦を説明した。

「いい作戦だと思います。でもフェアでしょうか？」励子は言った。

「とおっしゃいますと？」少佐は訊き返した。

「四対一というのが」

「それでしたら十対一でも充分にいい勝負でしょう」

「でも……」

「大尉、お気持ちはわかります。情けをかけられた直後ですからね。でもお言葉を返すようですが、これはスポーツではありません。ロサンジェルス市民を守る戦いです。卑怯でもかまいません。そもそも相手には加速モジュールがあってきわめて有利です。四対一でもかなわないかもしれません」

高牧少佐も言った。

「賛成だ。相手は圧倒的に優勢だ。チームを組んであたるのが賢明だ」

　Kがふいに励子にむかって声をあげた。

「おまえ、超高性能の電磁銃もっとるやないか！　それ使《つこ》て敵を振りまわせるやろ。メカが低重心設計で脚の機械密度が高《たこ》うて、腰にアンカーケーブルしこんどる理由がわかったわ。範子、わいにも電磁銃くれ！」

「ハリネズミ弐號の発電能力ではスカリアに充分な電力を供給できませんわ」少佐が答えた。

「いまやのうていい。手にはいったら、重量物を脚に移設してバランス補正したる。古いメカ集めるのに電磁銃あったら便利や」

「戦いのあとで相談しましょう」

　大西少佐は作戦をあらためて説明し、予定どおりに進まなかった場合の対応策を話した。

「それぞれの担当はわかりましたわね。では配置についたら作戦開始です」

「作戦名はあるんか？」Kが訊いた。

「いい案があればうかがいますわ」

「せやな、カタツムリ作戦でどや」

「ふさわしい作戦名か？」高牧少佐はいぶかしげだ。

「おうよ。ストライダー號の速さをカタツムリくらいに抑えこもうって作戦やからな」

「ふさわしいかもね。いい名だ」ビショップが言った。

「賛成してくれるか。仲間やな」

普段の励子なら愉快がるところだが、いまはそんな気分ではなかった。

四機から五十米《メートル》ほど離れたところに出撃準備を整えた二機のアヌビス級がいた。標準型のアヌビス級より四割小型だ。電卓映画撮影で使う劇用機なので本物の装甲は持たない。このハリボテのアヌビス機には大量の爆薬が積まれていた。

大西少佐が言った。

「ではカタツムリ作戦をはじめましょう。OWLドローンのスキャンデータを各自に送信します。ストライダー号はここから四粁《キロ》西にいます。現地に着いたら交戦開始。ただし撃破をめざさないでください。現場はおそらく人口密集地で、民間人の安全に配慮しなくてはなりません。住民の避難が終わっていない地域があちこち残っているので、巻き添え被害は最小限にとどめたいのです。エコーパークの木霊《こだま》湖への最短ルートをそれぞれのGLSに送ります」

位置情報画面に道筋が表示された。

「これをたどってストライダー号を湖に誘いこんでください」

励子の役割は、Kと協力してストライダー号と交戦しつつ木霊湖へ引きずりこむことだ。

しかし後退していると見せずに後退するのは、言うは易《やす》く行うは難《かた》しだ。防御だけでも楽ではないのに、どうやってダニエラを誘導するのか。一定の距離をとるくらいしか思いつかない。

　ビショップがナビ画面を見ながら言った。

「地形は問題なさそうだ。しかし周辺の建物への被害はまぬがれないな」

　励子はエネルギー供給を確認した。メルーゾ強化装置は想定どおりに働き、過剰な排出もない。しかし作戦地域の道路は平坦ではないし、レールは破損箇所が多い。こういうところで最適な経路を指示してＢＰＧの消耗を抑えるのがナビゲータの仕事だが、ビショップは経験不足だ。

「準備はいいか？」

　ビショップに訊かれて、励子は言った。

「過去のメカ革命で今回に近いのは、スタニファー策略かしら。でもあれは軍事基地内だった」

「ケリドウェン蜂起はどうだ？」

「あれは悲惨だったわね。でも十八機のメカが独立国家樹立を宣言した場所はメキシコ南部。わが国の大都市が襲われたのはやっぱり初めてよ」

「蜂起を鎮圧するまでに多くの死者が出たぞ」

「それはどの戦争もおなじ」

ストライダー號は、ウィルシャー・ブールバードとウェスタン・アベニューの交差点付近の商業地区にいた。道ぞいに高層ビルが並ぶなかで、検閲局の円形の建物を破壊している。近郊の電卓トラフィックを監視して思想保護をしている部署だ。

励子は数粁《キロ》をへだてて嶽見ダニエラと対峙した。戦わない選択肢を求めて交信する。

「修理してきたわね」ダニエラは言った。

「ええ……。戦わずにすむ道はないの？」

「降伏して去ればいい」

「それはできない」

「そのほかの選択肢があるとでも？」

「思ってない。なぜ〈戦争の息子たち〉を裏切ったのか、せめて教えて」

「組織に忠誠を誓ったつもりはない。わたしの忠誠は国家に対してよ」励子がひるむほど猛々しい口調でダニエラは言った。「今度こそ準備はいい？」

励子はメカのエネルギー量を最大にして融合剣をかまえた。

「ええ、いいわ。ありがとう」

「礼にはおよばない。味方を連れてきたようね。かまわない。警告しておくけど、時間は認知に依存するのよ。フラッシュ部門は時間の認知と経験を操作するステロイド剤を開発した。認知しだいで一秒が一時間になり、その逆にもなる。それを理解すれば、あらゆる交戦速度を操作できる」

ストライダー號はハリネズミ弐號へ移動した。しかし励子の目には二点間を瞬間移動したように見えた。続いてカマキリ號の目前にいきなりあらわれた。すでにブーメランをかまえている。カマキリ號は電磁銃を使って相手を押し返した。退がったストライダー號は、また消えて、今度は右側面にあらわれた。カマキリ號はブースターを噴射して攻撃をよける。ブーメランが空振りすると、機体はまた消え、ふたたび横にあらわれて斬りかかる。おそろしく速い。

カマキリ號は突進して融合剣で連打した。ストライダー號は受け流す。励子とKはいっしょに斬りかかろうとしたが、ダニエラはハリネズミ弐號を無視してカマキリ號に集中する。どうやらスカリア電磁銃をまずつぶしたいらしい。利口な作戦だ。

「K、わたしのスカリアが狙われてる」

「わかっとる。動きを止めてくれ。わいが叩く」

カマキリ號は電磁銃をかまえ、ストライダー號をとらえて引き金を引こうとした。しかしそのとたんに標的は消え、べつのところで再出現した。あわてて照準を移して撃ったが、今度は建物の陰にはいられた。電磁ビームが持ち上げたのは自動車一台。ビームを解除すると自動車はバス停に落下した。

ハリネズミ弐號がストライダー號に斬りかかった。しかし空振り。カマキリ號の太刀筋も見切られ、佐伯宗輔《さえきそうすけ》商業センターの上から三階分を斬り飛ばすはめになった。すばしこい。かろうじて集中攻撃を避けられているのは電磁銃のおかげだ。

ビショップが訊いた。

「加速モジュールが敵のどこにあるかわかるか？」

「それを調べるのがあんたの仕事」

「各センサーでスキャンして異常値を探してるけど、いまのところみつからない」

「加速する瞬間に装甲内で突出したエネルギー反応が出るところがない？」

「どうやって調べるんだ？」

こんなときに聞きたくない質問だ。

「エネルギーセンサーを切り替えてモーションにオーバーレイして」口頭で説明した。

「やってみる」

　ストライダー號が斬りかかり、腕で受けざるをえなくなった。このままでは切断される。そのときビショップの画面に、指向性プラズマシールドの緊急起動を提案する表示が出て、すぐに従った。するとブーメランがはじかれ、ストライダー號は驚いたように動きを止めた。シールドの強度と耐久性を考えているのか。

「好判断よ」励子はビショップをほめた。

「なにか役に立ったのか？」

「助かった」

　ビショップは拳を振り上げ、励子は笑った。

　カマキリ號は背後からストライダー號に斬りつけ、相手をあわててふりむかせた。

　このタイミングでエコーパークへの後退を開始した。足裏のスケートと胸のブースターを使って急速に退がりはじめる。ハリネズミ弐號が二門の大砲を撃つ。しかしかわされて、まわりの建物に甚大な被害が出た。

「あちゃあ」Kのうめきが聞こえた。

　ハリネズミ弐號も後退に加わり、両機は速度を上げた。

　ビショップは励子に報告した。

「ストライダー號の内部にエネルギーの異常値はまだみつからない」

「測定を続けて」

ストライダー號が急速に追いつき、まずハリネズミ弐號に斬りかかった。Kはかわそうとするが、その敏捷さについていけず、装甲に二発ほどブーメランをくらった。さいわい装甲は耐えたが、ハリネズミ弐號は五階建ての商業ビルに倒れこんで建物を押しつぶした。立とうともがくハリネズミ弐號を尻目に、敵はカマキリ號に狙いを移した。

励子はブースターを噴射して後退速度を上げた。しかし相手の速さにかなわない。よけることも、電磁銃で押し返すこともできない。これまでのダニエラの獲物のように切り刻まれるのを覚悟した。

ところがなぜかストライダー號は攻撃の手を止めた。ブーメランは振り上げたままだ。

「どうした？」とビショップ。

「わからない」励子は言った。

「いまこいつが動いたときに奇妙なエネルギー反応が出たぞ」

「どこから？」

ビショップが答えるまえに、コミュニケータからダニエラの声が流れた。

「最初はあなたとおなじだった。〈戦争の息子たち〉のために粉骨砕身《ふんこつさいしん》するつもりだった。でもその後にいろいろ学んだのよ」

このすきにカマキリ號は脚のブースターを噴いて間合いをあけ、さらに電磁銃でストライダー號を押しやった。ストライダー號はまた近づこうとした。すると、例の劇用機のアヌビス級が割りこみ、ストライダー號の正面に立った。

たとえ本物のアヌビス級でも、加速モジュールをそなえた敵にはかなわない。まして劇用機では相手にならない。たちまちそのブーメランで斬り倒された。高速の刃によって切断面が赤熱《せきねつ》している。

ビショップが声をあげた。

「また強い波形が出た。加速モジュールを使うときに右胸から反応が出る」

「よくみつけたわね。そちらでも見えましたか？」

励子は大西少佐に訊いた。

「いま気づきました。交戦を中断して湖へ退がってください」少佐は指示した。

励子はビショップに親指を立ててみせた。ビショップは誇らしげな笑顔になった。

湖へと滑走しながら、ブーメラントルネードで斬られた二機のアヌビス級を見た。どちらも倒される直前に脱出ポッドが射出されたので、クルーは無事だ。ポッドを攻撃するほど嶽見は非情ではない。

そのアヌビス級の残骸が、自爆機能を使って爆発した。そばにいたストライダー號は左腕を焼損し、胴の装甲が大きく破損した。

カマキリ號は木霊湖に到着した。湖底は機体重量に耐えられるとビショップが確認し、湖の中央に進んだ。水深は浅く、カマキリ號の足首までだ。大西少佐の作戦は明瞭だ。水の抵抗がストライダー號の速さを抑える。また移動方向に航跡ができて、水煙で動きが見えるかもしれない。

しかしストライダー號はこの罠に踏みこむだろうか。やってみるしかない。

ビショップがささやいた。

「この湖、出るって聞いたぞ。幽霊が。自殺や事故の名所だからな」

「こんなときになんて話を」

「言ってみただけさ。俺たちに万一のことがあっても、お仲間がいるわけだ」

湖面は蓮におおわれ、水鳥の楽園になっている。しかしいまはカマキリ號を見てほとんど飛び去っている。

ストライダー號が湖岸にやってきて対峙した。足もとには爆発したアヌビス級の残骸がころがっている。ストライダー號は罠を疑うように周囲をスキャンし、湖面に踏みこもうとしない。

励子は大西少佐に言った。

「マル秘作戦があるならチャンスですよ」

「お待ちください」

少佐の返事があって一分後、はげしい機関砲の連射がストライダー號を襲った。撃っているのは二機のメカ。大西少佐と高牧少佐のヴァルキリー號とスレーヴ参號だ。左右から拡散した弾幕をつくっているので敵は逃げられない。両機の撃ち方はまるで息のあった砲弾のバレエのようだ。ストライダー號も多少は砲弾をはじいたりかわしたりしたが、その場にとどまっているといずれやられる。押されて湖に踏みこんだ。

大西少佐の指示が飛んだ。

「守川大尉はストライダー號を磁化してください。Kは加速モジュールを破壊してください。右胸です。ビショップは正確な位置をしめしてください」

公園なので隠れられるものがほとんどない。ストライダー號は迷いながら湖に踏みこんだ。ヴァルキリー號とスレーヴ参號から撃たれているので動くしかない。

射程にはいるとカマキリ號はすぐに電磁銃を照射した。電磁ビームがストライダー號の動きを封じる。そこにKが刀をかまえて駆け寄った。励子はハリネズミ弐號を磁化しないように照準をずらした。自動照準は意図せぬ対象をとらえることがあるので、手動モードで操作した。

「湖の中央へ移動させる」励子は言った。

ストライダー号が加速モジュールを使おうとするたびに電磁場が乱れる。しかし動きは抑えている。左腕を損傷しているので防御もできない。Kは加速モジュールの正確な位置を融合剣で刺しつらぬき、破壊した。これでもう通常の速度しか出せない。

「退がってください！」大西少佐が二人に命じた。

Kは退がった。しかし励子はとどまった。

「待ってください、少佐」

あとはストライダー号を四機でかこんで機関砲で集中砲火を浴びせる手はずだ。

「大尉、命令に従ってください」少佐は言った。

「あとで軍法会議にでもなんでもかけてください。いまは話させてください」

「大尉」

大西少佐の声はそこで途切れた。ビショップが通信を切ったのだ。

「好きにしろよ」

ダニエラの姿が画面に出た。背後のブリッジは主電源が落ちて非常灯だけになっている。

「よく練られた作戦だったわ。立案者を称賛する」

ダニエラは全員に聞こえるように一般チャンネルで話した。

しかし励子は作戦の話をするつもりはなかった。知りたいことがある。

「なぜブラディマリーの勢力に加わったの？　〈戦争の息子たち〉とは全面的に敵対関係なのに」

「わたしは〈息子たち〉に拷問された。処刑されるところだった」

励子は愕然とした。

「まさか。ありえない」

「ブラディマリーの襲撃直後、わたしは裏切り者と名指しされた。一カ月にわたって拷問され、自白を強要された」

山崗総督にダニエラのことを質問すると、答えをはぐらかされたことを思い出した。

「そんなわたしを隔離房から救出してくれたのが渡部将軍だった。彼女から救われたのは二回目」

「一回目は？」

「十代のころ。沈黙線ぞいの市に住んでいたとき」

「初めて聞くわ」

「ナチスの急襲で全市が壊滅。どこに救援要請しても断られるなかで、一人だけが応じてくれた」

「それは？」

「やってきたのは渡部プリスのメカ。派遣を指示した将校の名前は多村大悟」

「つまり、のちの多村総督？」

「そうよ。当時は沈黙線の守備隊長で、市はナチスとの貿易拠点だった。彼だけが救援要請に応じてくれた。渡部さんはメカ一機でナチスを追い払った。多村の目的はあくまで貿易拠点を守ることだった。でもわたしにとって大事なのは、だれも救援に来ないなかで、唯一メカを送ってくれたのが彼だったということ。その攻撃で両親を亡くしたわたしを、渡部さんは保護してくれた。そしてメカ操縦を手とり足とり教えてくれた。渡部さんの父上はわたしにとって祖父がわりだった」

彼が殴られて連行されるようすをダニエラと二人で目撃した夜のことを思い出した。あのとき抗議しようとしたダニエラを止めたことを、いまになって恥じた。

「知らなかった」

「多村総督について幻想はないわ。カンザス大虐殺が起きたのは彼のせい。だからこそわたしは〈戦争の息子たち〉に加入した。でもブラディマリーの襲撃後に山崗総督は、多村との過去のつながりを根拠にわたしを裏切り者とみなした」

「総督の判断とはかぎらない。部下の独断かも」

「本人よ。総督の裁可なしにできることじゃない」

「じゃあ、渡部将軍の父上について総督が言ったことは——」

「嘘よ」

「あの夜、ブラディマリーを手引きしたのは本当にあなたじゃないの？」

「疑うつもり？」ダニエラは語気を強めた。

「そうじゃないけど」

「わたしじゃない。でもわたしが責められた」ダニエラは暗い表情になった。「わたしの両脚は義足なのよ。拷問のせいで」

「どういう——」

「拷問者はわたしの両脚を犬に食わせた。それも意識がある状態で。気絶すると無理やり目覚めさせて、苦痛を逐一感じさせた。殺してくれと頼んでも殺してくれなかった」

励子は吐きそうになった。

「なぜ〈戦争の息子たち〉を裏切ったのかと訊いたわね。むしろこっちが訊きたいわ、なぜ〈息子たち〉はわたしを裏切ったのかと」昔のダニエラからは想像できない怒りがこもっている。「わたしたちは山崗総督を殺して、清新な体制を樹立する」

「どんな？」

「完全なリセットよ」

「具体的には？」

「いずれわかる」

投降する気がないのはわかっている。励子は訊いた。

「脱出ポッドは搭載されてる？」

「どういうこと？」ダニエラは訊き返した。

「いまのあなたの状態ではフェアな戦いにならない」前回のダニエラのセリフをなぞるように言った。「脱出して出直して」

「わたしが戦いから逃げるとでも？」

「そうじゃない。でも前回見逃してもらった借りを返させて」

「上官が認めないでしょう」

「説得する」

ダニエラは微笑んだ。

「気持ちだけ受けとっておくわ。でも兵士にとって戦場は生か死か。たとえあなたが攻撃を控えても、ほかの仲間は容赦なく撃ってくる」

「その手はずだったけど、させない。決して――」

励子は口をつぐんだ。戦うと言わなければ戦う必要がなくなるかのように。

「いいのよ。負けるならあなたに負けたかった」

励子は首を振った。終わりをすこしでも先延ばしにしたい。ダニエラは続けた。

「渡部将軍とブラディマリーがもうすぐ〈戦争の息子たち〉の真相を暴露するわ。そのとき自分のいる側が正義かどうかを考えて」

「お願いだから脱出ポッドを使って」

ダニエラは微笑んだ。

「最期に話せてよかった。わたしが経験した真実を話せた。さあ、話はここまで」

ストライダー号はカマキリ号に襲いかかった。両機は素手で戦いはじめた。柔術式の格闘戦だ。カマキリ号はアッパーカット、ジャブ、エルボーを放つ。ストライダー号はその多くを止めたが、片腕が動かないので不利だ。それでも的確な防御を続けた。

励子は聞いた話への怒りから連打を速くしていった。まるで加速モジュールがついているかのようだ。一発の拳が嶽見の防御をすり抜けた。もう一発。ついに押さえこみに成功した。相手の背中を踏み、重力とブースターの推力でストライダー号を水面下に沈める。

しかしとどめの一撃は放てなかった。

〈戦争の息子たち〉によるダニエラへの拷問を考えて涙する。なぜ知らなかったのか。自分に腹が立った。

「まだ遅くない。脱出して」

しかしストライダー號はブーメランを振り上げた。カマキリ號を攻撃しようとかまえている。やむをえない。励子は融合剣でストライダー號のＢＰＧを刺した。暴走の徴候を確認し、すぐに抜いて離れる。装甲の奥から火花が散る。

ストライダー號は意外なほど弱かった。退がって爆発を見守った。ダニエラもクルーも死亡した。

拳を握りしめ、唇を噛んだ。

「励子……」

ビショップが声をかけたが、泣いているときにどんな言葉も届かない。

燃えるストライダー號の残骸を見ながら、ブラディマリーよりも〈戦争の息子たち〉への怒りが強く湧いた。ブラディマリーが暴露する真実とはなにか。

ビショップが穏やかにもう一度声をかけた。

「励子、大西少佐が状況報告を求めている」

励子は涙をぬぐった。

「つないで」

少佐が画面に映し出された。すこしでも叱責されたら励子は感情を爆発させただろう。しかしそうはならなかった。

「つらい戦闘だったと察します。ありがとうございます。渡部将軍が一時間前に確認された位置情報を送ります。将軍を発見したドローンはその場で破壊されてしまい、その後の足どりは残念ながらわかりません。意気消沈していると思いますが、次の戦いも手伝っていただけると助かります。落ち着いたら用心して移動してきてください」

Kは励子に専用チャンネルで話しかけてきた。

「話は聞いとった。しんどかったのう。戦争ちゅうんは豚のケツのにおいがするもんや」

励子はストライダー号の残骸を見た。

「豚のにおいはしないけど」

「カタリナ島はするで。来ることあったら連絡せえ」

通信は切れた。

ビショップはナビゲーション席から立って励子のそばに来た。

励子は言った。

「命がけで命令に従ってきたのがばかみたい」

「そうだな」

「まがいものの思想に対するこの気持ちをどう言えばいい？」

「さあ。死者への弔意かもな」

「〈戦争の息子たち〉をぶち壊したいと言ったら？」

「ブラディマリーを倒すのが先だ」

「でも――」

ビショップはさえぎった。

「たとえ〈戦争の息子たち〉の行動が誤りだったとしても、ブラディマリーがいまやっている殺戮と破壊が正当化されるわけじゃない」

励子はダニエラのことを考えないようにした。

「たしかにそうね」

ビショップはうなだれた。

「ここには正義も悪もない。俺だって姪の手前、引き退がれなかっただけだ」

ダニエラが言ったことを、励子はあらためて考えた。

――渡部将軍とブラディマリーがもうすぐ〈戦争の息子たち〉の真相を暴露する。そのとき自分のいる側が正義かどうか……。

ブラディマリーの最終目的はなにか。多村総督を暗殺したのは〈戦争の息子たち〉だと暴露するのか。しかし最終的な実行者がブラディマリーでは、だれも信じないだろう。そもそもどんな主張を流してもすぐに検閲されて……。

いや、そうだろうか。特高の検閲拠点の多くが破壊されていることを思い出した。それらが機能しなければ、流すメッセージはフィルタリングされない。

メッセージ……。

「ねえ、ビショップ。皇国全体にメッセージを発信したければ、どうするのが最適？」

「皇国全体か？」

「そう。隅から隅まで」

ビショップはコンソールを指先でこつこつと叩いた。

「那《な》珂《か》原《はら》直弥《なおや》共同放送からやるのがいいだろうな」

「どういうところ？」

「国内通信網の最大のハブで、皇国じゅうの電卓通信がそこに接続している。特高の中枢拠点はその地下にある。機界のソーシャルもメディアも情報もすべてそこを流れる」

「どこにあるの」

「ハリウッドだけど。なぜだ？」

「彼らの行き先はきっとそこよ」

励子は大西少佐たちに連絡して考えを話した。

「どんな革命かて、かならず妙ちくりんな信条を宣伝するもんやからなあ」Ｋが言った。

「那珂原共同へＯＷＬを飛ばしてみますわ」大西少佐も言った。「Ｋと私はこのまま渡部将軍が最後に目撃された地点へ進行します。貴女と高牧少佐は那珂原共同へ気をつけて接近してください。シグマ號を発見したら、交戦せず後退を」

「なぜですか？」励子は訊いた。

「これまでとはまったく異なる戦闘になるはずだからです。シグマ號は重戦闘用で、ストライダー號よりはるかに大きな火力に耐えます。四機で連携して攻撃しないと勝ちめはありません。そして現地を見ないと私も作戦の立てようがありません」

「ところで、なんだこのクチャクチャいう音は？」

高牧少佐の問いに、Ｋが答えた。

「おお、すまん。わいや。埋倉でもろうたサーモン・チャウダー・ソーセージが旨《うも》うてな。プルーンジュースとストロベリージャムとの相性がばっちりや」

二手に分かれ、励子と高牧少佐は那珂原共同へ進んだ。

3

「損傷したメカの信号がはいっている。呼称は歓喜號《デライト》だ」ビショップが報告した。

デライト號はひどい状態だった。もはや立てず、地面にころがっている。腕も脚も頭部も失い、胴体だけが棺桶のように残っている。装甲は黒焦げだ。

「生存者は？」励子は訊いた。

「いるらしい」

「メッセージを送って――〝こちら守川励子大尉。救援が必要か？〟」

ビショップは送信した。すると、ツオ中尉と名乗る人物が音声のみで応答してきた。男の声だ。

「きみか、励子？」

「どこかで会ったことが？」

「バークリーでおなじクラスだった。メカ競技会の二回戦できみとあたった」

「思い出した。でもあなた、たしか休学したはずね」

ツオ中尉は笑った。

「そうだ。ここで会うとは皮肉だな。きみと戦ったときの負け方がぶざまで、自分にパイロットの資格があるのかと悩んで二年間休学した。復学してからは発奮してましな操縦をするようになった。訓練に没頭し、きみの戦闘映像をかたっぱしから見た。バークリー時代のはもちろん、ウィチタ駅でのトミー・ステラ少佐とサブリナ・テンテロマノ大佐との交戦も。どれも感心した」

　こんなところで称賛を聞くとは思わなかった。

「ありがとう。今回はなににやられたの？」

「シグマ號だ」

「渡部将軍と交戦を？」

「そうだ。強かった。持てる技をすべて試したが通じなかった。一発もあてられなかった。長い鼻の先についた刃とチェーンソーを振りまわす。まるで千手観音と戦ってるみたいだった。最悪なのは言葉の挑発だ」

「将軍が？」

「ブラディマリーだ。俺の個人情報を調べ上げていた。軍での服務記録も、個人的な経歴も」

　鼻息と鼻水をぬぐう音が聞こえた。声は叫びすぎたように嗄れている。

「しっかりしろ」ビショップは声をかけた。

「ほかのクルーはみんな死んだ。俺も時間の問題だ」

「どういうことだ？」

「破断した金属材が体を貫通してる。かなり失血した。もう手遅れだ」

励子は声をかけた。

「弱気にならないで。すぐに衛生兵が来て手当てしてくれる。治るし、まだこれからよ」

「今度ばかりは……。後悔してるよ。あの競技会のあとにきっぱり退学してれば、俺はここにいなかったし、クルーを死なせずにすんだ」

「しっかりして、ツオ。聞いてる、ツオ？」

しかしデライト號から返事はなかった。

「死んだの？」

励子はビショップに訊いた。通信は応答がない。

「スキャン結果では、パイロットの呼吸が止まった」

励子はため息をついた。今日は何人死ぬのか。

那珂原共同の近くまで来たとき、ビショップがふいに立ち上がった。

「どうしたの？」

「電卓が復活した。機界接続が蘇ったらしい」

「技術者ががんばって復旧させたのね」

すぐに通話の着信があった。発信者名は不明だが、軍の公式チャンネルだ。

「どうする？」とビショップ。

「つないで」

大佐の記章をつけた高齢の男性将校が電卓ディスプレイにあらわれた。四角い眼鏡をかけ、前歯が大きく、目の下に深い皺がある。

「こんにちは。どなたですか？」励子は訊いた。

「こちらの質問だ。きみはだれだ」

「総督付き武官の守川励子陸軍大尉です」

「ロサンジェルス参謀本部の飯干《いいぼし》大佐だ。だれの許可を受けてカマキリ號を操縦している？」

「大西少佐から許可を得ました」

「カマキリ號をきみに貸与する権限は大西にない。これよりわたしがその指揮権を引き継ぐ」

「どういうことですか？」

「少佐はこれまでよくやったが、市街戦についてはわたしのほうが経験豊富だ」

「それで、いままでどこにいらしたのですか？」

純粋な疑問だ。すると飯干は苦りきった顔になった。

「自宅から指揮所まで渋滞に苦労したのだ」

ビショップが割りこんだ。

「こちらは三機のメカを倒し、そのうち二機は大西少佐の協力のおかげです。大佐はそのあいだご自宅でのんびりくつろいでいたと」

「だれだね、きみは」

「特高の若名ビショップです」

「特高課員が今回の事態に協力してくれるのはありがたく思うが、管轄権を尊重し、機甲軍の人事決定に口を出さないでもらいたい」

励子は決然と反論した。

「若名課員に賛成です。大佐のご不在中に大西少佐は赫々《かっかく》たる戦果を挙げられました。最後まで少佐におまかせすべきです」

「大尉――」飯干大佐は階級差を強調するように言った。「――貴官の意見は尊重する。また機甲軍の現状にうといがゆえの感情的こだわりも理解できる。しかしいまは専門家にゆだねるべき段階だ。現在の基本命令はなんだね？」

　励子は大佐の口調にひるんだが、あらかさまな反抗をひかえるだけの理性はあった。

「渡部将軍を阻止することです」

「その命令を解除する。以後、別命あるまで待機せよ」

「しかし――」

「山崗総督のニュースは聞いたか？」

「ニュース……？」

「現在、行方不明でいらっしゃる。いまは総督の捜索が優先だ」

　通信は切れた。

「好人物だな、大佐は」ビショップは皮肉った。

「指揮能力があるとはとても思えないわね」励子は総督について考えた。ダニエラの話をもとにすれば結論は一つだ。「つまり、ブラディマリーが総督を拘束したってこと？」

「そう考えるべきだろうな。ブラディマリーは劇場型の犯罪者だ」

「公開処刑するつもりかも」

「那珂原共同へ急ごう」

「大佐の待機命令は……？」

ビショップはディスプレイにむけて中指を立てた。

するとそれが合図になったように、ふたたび飯干大佐から着信があった。

「守川大尉、いま大西少佐から報告があったが、今日の戦闘でスカリア電磁銃が有効だったそうだな」

「役に立ったと思います」

「これよりシグマ號討伐作戦をおこなう。きみにも手伝ってもらいたい」

「はい。どのような役割でしょうか」

「シグマ號を破壊したのちの残骸の運搬をその電磁銃でやってくれ。それまで待機だ」

聞きちがいかと思った。

「失礼ですが、大佐、戦闘ではないのですか？」

「必要ない。わたしのディアドコイ隊がシグマ號を倒したら、バーバンク飛行場まで運んで片づけろ」

ディアドコイ隊というのは八機のメカ戦隊だ。対メカ戦特化型で、普段は沈黙線に常駐している。

「ディアドコイ隊が来ているのですか？」

「空輸した。彼らが状況を打破する。貴官の待機位置の情報を送る」

「わかりました。大佐もそこに来られるのですか？」

飯干大佐は首を振った。

「わたしはロサンジェルス参謀本部にとどまり、全都の状況を見て采配する」

通信は切れた。

「あと片づけって、本気か？」ビショップが言った。

「ああいう無能はときどきいるのよ」

「かかわりたくないな」

大佐が送ってきた座標は那珂原共同の近くだった。

カマキリ号が到着してみると、すでに現地ではシグマ號とディアドコイ隊の八機が対峙していた。

シグマ號は太い牙と板状の耳を持つ大型マンモスに似たメカだ。ディアドコイ隊の倍の大きさで、歩くたびに地面が震える。上げた腕の無数のパネルが開閉、移動して、肘から先が巨大なチェーンソーに変わった。励子がレイバー級で使ったものよりはるかに大きい。あちこちから刃が突き出し、左右には大砲もそなえる。装甲は目が痛くなるほど真っ赤な塗装で、見る者を眩惑する。遭遇して生き延びた者が迷信的な恐怖を語るのも無理はない。

対するディアドコイ隊は常識的な姿だ。八機の形状はさまざまで、識別用にそれぞれ専用途装がほどこされている。飯干大佐は古代史ファンで、アレクサンドロス大王の死後にその帝国の継承権をめぐって争った配下の将軍たち、いわゆる後継者《ディアドコイ》にちなんで隊を命名した。八機のメカはそれぞれこのディアドコイ戦争で覇を競った将軍たちの名がつけられている。そのためメカの外観も伝統的な日本の武士ではなく、古代マケドニアやギリシアの兵士の姿を模している。胸甲《キュイラス》や臑当て《グリーブ》をつけ、アルゴスの円盾《えんじゅん》を使う。武器は長槍《ジストン》と短剣《マカイラ》。兜は長い鼻当て付きで、猛々しく見せるために火炎形の縁が左右にある。そのほかの付属装備は個性をきわだたせるものだ。

動きも戦い方もサムライ型とは大きく異なる。彼らは世界じゅうでナチスと叛乱勢力を苦しめた。動力源はBPGを廃し、高名な村田諄市《じゅんいち》博士が開発した実験的で高出力のプ《P》ファ《Q》ウ・クオーク炉《G》を搭載している。ブラドリウムのように小惑星から採掘してメキシコ日本連邦の粒子加速器で元素合成する必要がないので、低コストだ。

ディアドコイ隊の八機がシグマ號を包囲して攻撃しようというとき、包囲網の外に控えていたクラテロス號とアンティパトロス號が、ほかの六機に対して叛乱を起こした。味方機のPQG配管を剣で刺したのだ。

飯干大佐が顔を真っ赤にして怒鳴った。

「なにをしている！」

シグマ號は正面から襲いかかり、プトレマイオス號を斬った。チェーンソーと象の鼻先についた刃を振りまわす。その戦い方はまるで千手観音のようだったというツオ中尉の証言を励子は思い出した。プトレマイオス號の前面はいくつにも斬り裂かれ、内部の配線や配管が露出した。シグマ號は相手のブリッジを拳で叩きつぶし、頭部と腹部をつなぐチューブを切断してクルーが脱出できないようにした。

そのあいだにクラテロス號とアンティパトロス號は、ペルディッカス號とアリダイオス號を襲って膝をつかせた。

「クラテロス號とアンティパトロス號は故障でもしたのか？」

飯干大佐は苛立って訊いた。それに対してシグマ號の渡部プリス将軍が答えた。

「故障ではない」

「だれだ？」

「兵器の性能を過信しているな。操縦しているのがパイロットであることを忘れるところなる」

「なんの話だ」

「ディアドコイ隊の二人はわれわれの思想に共鳴した」

「ディアドコイ隊に裏切り者だと!?」

「裏切りではない。強者に踏みつぶされかけているのに気づかぬ愚かさに愛想をつかした者による革命だ」

大佐は認めようとしなかった。

「鬼束《おにつか》大尉、応答せよ。鬼束大尉！」

渡部は冷ややかに宣告した。

「鬼束大尉はすでにわれわれの同志だ」

「ありえない！」

「将軍のおっしゃるとおりです」クラテロス號の鬼束大尉が答えた。「この革命において渡部将軍にお味方できることを名誉に感じます」

「そんなことは不可能だ！」

「なにごとも可能だ。ディアドコイ隊の取りこみは以前からやっていた。誘いに応じなかった者も、きみが自己の名誉に固執する愚者であることを知っている」

渡部将軍はディアドコイ隊の残り三機にむきなおった。

「降伏か死か選べ。今日はこれ以上、メカのクルーを殺したくない」

カッサンドロス號のパイロットが答えた。

「国賊に降伏するくらいなら死を選ぶ」

「心意気やよし。ただし表現は誤りだ」

シグマ號はカッサンドロス號の首にチェーンソーを振り下ろし、火花を散らして斬り飛ばした。さらに鼻先の刃がその胸をえぐり、ＰＱＧを破裂させた。戦いにもならずにカッサンドロス號は動力源を失った。

渡部将軍はディアドコイ隊のメカの構造をよく知り、弱点を把握していた。機体構造の秘密情報を転向者から受けとっていたのだ。

クラテロス號とアンティパトロス號が、残る二機のディアドコイ隊と交戦しようとかまえた。しかしシグマ號は手を振って退がらせ、みずから始末するために進み出た。

そこに新たなメカが出ていった。高牧レイチェル少佐のスレーヴ参號だ。左右のレーザーブレードを抜く。

ディアドコイ隊の最後の二機は、長槍でシグマ號に突きかかった。しかし象の鼻が一閃して、どちらの槍もへし折られた。さらにチェーンソーが一機の腹を割き、脚部の大砲がもう一機を撃ち抜いた。象の鼻はまるで生き物のように自由自在に動き、二つの標的を切り刻む。両機はＰＱＧをざっくりと斬られて動力源を失い、停止してうつぶせに倒れた。

渡部プリス将軍はスレーヴ参號に呼びかけた。

「高牧少佐、きみの息子はテクサーカナ進攻でわたしの指揮下にいた。優秀な兵士だ。彼を母なし子にしたくない。退がれ」

「息子は将軍をいつもほめていました。国賊とみなすことになるのはしのびない」

　スレーヴ参號は二振りのレーザーブレードで斬りかかった。その剣術は俊敏で、シグマ號の速度と力に対抗できた。象の鼻が下から襲ってきても、くるりと身をひるがえしてよけ、逆に斬りつけた。

　渡部将軍は言った。

「噂にたがわぬ剣技。しかし乗り慣れた機体でないのはあきらかだ。もう一度機会をやる。退がれ」

「国賊は迷いを消そうと多弁になるそうですね」高牧少佐は言い返した。

　スレーヴ参號は神速の二刀流で戦いつづけた。シグマ號はひたすら受け、数歩退がった。攻防は数分にわたって続き、スレーヴ参號が優勢かと見えた。ところが突然、シグマ號が反撃をはじめた。チェーンソーの急速な斬りこみがついにスレーヴ参號の右手首を斬り飛ばす。高牧は左手一本で突きかかったが、渡部は予想ずみで鼻の刃で受けた。さらに丁々発止《ちょうちょうはっし》のやりとりのあと、チェーンソーがスレーヴ参號の防御を破った。その刃がＢＰＧを深くつらぬく。

「息子への遺言があれば伝えておこう」渡部は言った。

「息子の話はやめ――」

言いおえるまえにスレーヴ参號は爆発した。

黒煙のなかからシグマ號は悠然と歩み出た。

「愚か者《イディオット》大佐」渡部はわざと飯干の名を呼びまちがえた。「部下を派遣するばかりでなく、自分も出て戦ったらどうだ？」

「報いを受けるぞ！」大佐は叫んだ。

「ありがたくいただこう、貴官の名誉から差し引きでな。作戦がすべて失敗したことを上官に報告するがいい」

「渡部、かならず処刑台に――」

励子は迷った。カマキリ號単独でシグマ號にいどんでも、あたりに倒れ伏したディアドコイ隊のようにやられるだけだ。しかし味方との連絡はつかない。大西少佐とＫに送ったメッセージには応答がない。飯干大佐の命令でよそへ移動したのか。

できることを考えた。スカリア電磁銃を使えば、裏切りディアドコイの一機を抑えられる。しかしもう一機とシグマ號が自由に動けるのでは勝機は見えない。

渡部将軍がコミュニケータで話しかけてきた。

「どうするべきか考えているようだな。勝ちめはないとわかっていても名誉に殉じるか?」

「人の心を読めるようですね、将軍」励子は答えた。

「名乗りたまえ」

「もうお忘れですか?　守川励子大尉です」

「あのときの守川大尉か。うまく脱出したな。新島と嶽見を倒したグループの一員か?」

「どちらも犬死にでした」励子は断言した。

「犬死にではない。名誉の戦死だ。信じた大義のために戦った。兵士にとって最高の死に方だ」

「あの二人は兵士以上でした」

「兵士は信念のために命を賭す。これ以上の職業倫理はない」

「戦争は愚かで無意味です。そこで戦って死ぬことも」

「そういうきみこそ〈戦争の息子たち〉の一員ではないか」

「だから?」

「指導者がなにをめざしているか知っているのか?」

「詳しくは知りません。しかしロサンジェルス市民を復讐の生け贄にすることを正当化する材料にはならない」

「復讐ではない。わたしは両親の死を契機に気づいたのだ。皇国全土が不愉快な真実を知り、その炎に焼かれて灰燼《かいじん》に帰すべきだと。さいわいそれは成功した。電卓を見たまえ」

「なにを見ろと？」

「真実だ」

励子はビショップを見た。ビショップはすぐに電卓接続をブリッジのディスプレイに流した。すべてのソーシャルが乗っ取られて、那珂原共同からのメッセージを流していた。検閲局のネットワークが破壊されているため、ブラディマリーはどんな内容も無検閲で伝えられる。

ブラディマリーは凜々《りり》しい甲冑姿だった。古式ではなく、当世風のポリファイバー製の胴、下げ緒付きの上帯、首を守る喉輪、兜、目以外をおおう面頬をつけている。

ブラディマリーは視聴者に呼びかけた。

「革命をお楽しみだろうか。昨日のメッセージは検閲されて全篇を届けられなかった。なんともわずらわしい。そしてそれこそがこの革命の動機だ。メディアは作為的に報じているが、これは無目的なテロではない。諸君が信頼してやまない軍は、第一級の暗殺者にブラディマリーの暗号名をつけた。そして昨年、〈戦争の息子たち〉と呼ばれる組織が、ブラディマリーに多村大悟総督の暗殺を命じた」

〈戦争の息子たち〉が言及されて、励子は背すじが冷たくなった。大衆はどんな反応をするだろうか。しかしテロリストの言葉は懐疑的に聞かれるはずだ。すくなくとも当局の言葉より重んじられるはずはない。とりわけ現下の無差別攻撃を実行しているテロリストなのだ。

ブラディマリーは続けた。

「多村総督はナチスの協力者だと説明された。慎重な議論のすえに本土で決定されたとのことだった。そこでブラディマリーは命令に従い、総督を殺した。しかしその後おかしなことが続き、この決定に疑問を持つようになった」

わざと厳粛な口調は、皮肉をこめている証拠だ。

「調べてみると、これは山崗総督の独断専行であることがわかった。東京からの指示などなかった。なぜあんなことをしたのだ、総督？」

カメラがパンして映し出したのは、山崗騰総督だった。古式の甲冑姿だが、顔は青黒く腫れている。弱々しい声で答えた。

「なぜなら、自分がアメリカの征夷大将軍になりたかったからだ」

「将軍万歳か。計画を話せ」

「権力を奪取するために多村総督を殺した。そして崇敬する徳川家康とおなじ征夷大将軍の座につき、皇国からのアメリカ独立を宣言するつもりだった」

　拷問されて意識朦朧としていたようすで山崗は弱々しく答えた。

「ありがとう、将軍」ブラディマリーは演説を続けた。「まえも言ったように、戦争において罪のない者はいない。ブラディマリーもおなじだ。ほかの戦争指導者となんらかわりない。疑問があるなら、これから公表する秘密資料のファイルを見よ。秘密警察の特高が臣民一人一人を調べ上げた資料で、山崗総督についてもふくまれる。私信、視聴した電卓フィード、暗殺が実行された夜の映像記録もある。特高内部の協力者が特別にまとめたものだ。長らく秘密が多すぎた。今回は全臣民の全ファイルを公表する。これで秘密はなくなる。多村総督暗殺にかんする山崗の個人的な考えや発言がわかる。〈戦争の息子たち〉が皇国転覆を準備した秘密集会を見ることもできる」

　励子は茫然とした。ここまでなにもかも暴露されるとは。そのファイルにいったいなにが書かれているのか。特高が多村暗殺を事前に知りながら座視したというのも驚きだ。その上層部にも〈戦争の息子たち〉のメンバーが食いこんでいるのだろう。

「いずれ山崗がやるつもりだったことだが、われわれが宣言しよう。わが国は皇国支配下から離脱する。完全な独立だ。ここは真のアメリカとなる。次の狙いは独領アメリカだ。将来への不安は無用。ナチスはいずれわれらの軍門に降《くだ》る。彼らこそせいぜい不安になるべきだ。しかし勝利のまえに、まず自己を解放しなくてはならない」

ブラディマリーは続けた。

「率直にいって、羊に戦士の仕事はつとまらない。そこでパールハーバーにしかけた十二発の爆弾の起爆スイッチを押した。これで好むと好まざるとにかかわらず皇軍は攻めてくる。一致団結して戦い、跳ね返すか。あるいは負けてしかばねをさらすか、どちらかだ」

日本刀を抜き放ち、総督に訊いた。

「将軍殿、言い残すことは？」

「やったことは詫びない。お国のためだ。機会があればふたたびやるだろう」

山崗総督は運命を受けいれて首を垂れた。

「最期にいたってもおのれの野心を美化するとは賤劣《せんれつ》の極み」

ブラディマリーはその首を一刀のもとに斬り捨てた。

配信は終わった。

信じられない。総督は本当に亡くなったのか。まるで電卓番組の一場面のようだった。

ブラディマリーが公開した情報パッケージを急いで開いた。テキストメッセージ、録音録画、文書……。〈戦争の息子たち〉の集会記録まで公開されている。どこもかしこも東京参謀本部を否定する言葉だらけ。動乱煽動を山崗が意図していたのは明白だ。〈戦争の息子たち〉は完全に暴露された。検索条件に自分の名前をいれてみると、個人的なメッセージも通話も録画も、ありとあらゆるものがあった。励子について書かれた報告書もある。その価値を率直だが辛辣な言葉で評価し、〈戦争の息子たち〉への加入の是非を検討している。五人が彼女の身体障害を侮辱的に指摘し、反対している。サラマンダー・システムや過去の経験を理由に、価値なしと評する声もいくつかあった。そんななかで彼女を高く評価し、加入を強く支持しているのがダニエラだった。読んでほろ苦い気持ちになった。

　次にソーシャルの声を調べてみた。情報公開直後だが、すでに山崗総督への怒りの声が増えている。

「山崗を断罪しろ！　われわれではなく！」

「処刑されて当然だ」

「〈戦争の息子たち〉を抹殺しろ！」

〈息子たち〉が多村総督を暗殺した直接的な証拠もまもなく発見された。励子は、たとえこの戦いを生き延びても、もとの生活にはもどれないだろう。逮捕、尋問は確実だ。両親を思い出す。ああいう拷問を受けるだろうか。いや、もっとひどいだろう。両親の罪はたかだか芸術作品だった。こちらは前総督暗殺への関与だ。本国から特別委員会が送られ、再発防止のために厳正な処罰が下されるだろう。

〈戦争の息子たち〉と山崗への大衆の声はソーシャル上でしだいに過激になっていった。

渡部プリス将軍は励子に言った。

「きみの道は二つに一つだ。われわれとともに皇国およびナチスと戦うか。あるいは多村大悟総督暗殺の共謀者として断罪されるか」

どうすべきか。暴露内容とブラディマリーが目的を遂げたことに驚き、放心状態になった。

「どうしたらいいと思う？」励子はマイクをおおってビショップに訊いた。

そのビショップも茫然としたようすだ。

「わからん。しかし、征夷大将軍になるだって？　いつの時代だ」

励子は揺れていた。なにが正しいのか。すくなくとも渡部将軍とは戦えない。

味方の通信がはいり、同時に頭上にＯＷＬが上がっているのに気づいて、励子はほっとした。隣にＫをしたがえた大西少佐から声がかかった。

「守川大尉、もちこたえていますか？」

「なんとか。高牧少佐は亡くなりました」

「飯干大佐の作戦が不成功に終わって残念です」

「ブラディマリーのメッセージはご覧に？」

「ええ」

「どう思われました？」

「総督の行動について論評は控えます。とにかく命という形で代償を払ったわけです。いずれにせよ、異論がなければ、渡部将軍との戦いは私が引き継ぎます」

「どういうことですか？」

「借りを返さねばなりません」きっぱりと言った。

「助太刀《すけだち》は？」

「無用に願います」

大西少佐のヴァルキリー号が励子のまえに進み出た。

「わいはどないすればええ？」Kが訊いた。

「ディアドコイ機をお願いします」

「おお、チェダーチーズみたいにすりおろしたる」

大西少佐とKは、渡部プリスのシグマ号と、鬼束大尉ともう一人のディアドコイ機に近づいた。

渡部将軍が訊いた。

「今度はだれだ」

「大西少佐です」

「少佐か。今日は一生分の死を見た。革命は成った。山崗総督こそ国賊中の国賊と判明したいま、なにゆえ命を無駄にする」

「高潔な動機のようにおっしゃいますが、今日のメカステーションへの奇襲攻撃はなんでしょうか。味方のふりをして近づき、同僚八十六人を殺しましたね。わたしが生き延びたのは副隊長がかわりに爆風を浴びたからです」

Ｋも横から言った。

「どう考えても卑怯やな」

「だれだ？」

大西少佐はさえぎった。

「だれでもかまいません。戦うのは私たちです」

渡部将軍はため息をついた。

「よかろう。受けて立つ」

ヴァルキリー號とシグマ號は一騎討ちをはじめた。大西少佐の融合剣と渡部将軍のチェーンソーががっきと噛みあう。鋼の火花が弧を描く。両者の技量は拮抗している。驚くほど高度な剣技が次々と繰り出される。シグマ號の象の鼻は第三の腕のように俊敏に動き、ヴァルキリー号のすきを狙う。見たこともない高次元の戦いだ。

ディアドコイ機が助勢にはいろうとした。それをKがさえぎる。

「手出しはあかんで！　見るだけにしとき。びびってちびるだけや」

クラテロス号の鬼束大尉が答えた。

「わたしは渡部将軍に何度も救われた。請われれば黄泉《よみ》の国までお供する覚悟だ」

「うわ、気っ色わるいなぁ。〝ぼくを黄泉の国に連れてってぇ〟か」

「冗談だというのか！」

「やっすい電卓ドラマいうとんのや。わいまで登場人物にまぜよってからに」

「機甲軍でのパイロットの扱いは劣悪だ。役に立つうちはちやほやされるが、戦闘で負傷したりして乗れなくなると、とたんに野良犬みたいに放り出される」

「ああ、知っとる。おかんもそうやった。せやからわいも機甲軍からおん出たんや」

「だったらなぜ軍に従う？　彼らがグノーシスの巨人のパイロットたちにしたことは——」

「知ったことやないし、どうでもええ」そこで喉を鳴らしてなにかを飲んだ。「しょせんおまえらは無辜の庶民を襲う悪党や。泥棒の説教やら聞くかいな」

「あなどるな。傲慢の報いを受けるぞ」

「報いも褒美も口あけて待っとるで」

Ｋは答えて、クラテロス號とアンティパトロス號を相手に大立回《おおたちまわ》りをはじめた。

Ｋの剣法はまったく常識はずれだった。すきだらけのゆるい構えから、液体のように動いて攻撃に移る。励子はどこかで見た流儀だと思ったが、思い出せなかった。

「励子」ビショップが呼んだ。

「なに？」

「手出しを断られたのなら、俺たちは那珂原共同へ行こう。相棒の鑑識官の靖《やす》がそこにいるんだ。特高課の死者がたくさん出て、脱出するのに手助けが必要らしい」

「ブラディマリーもいるの？」

「たぶん。といっても靖のメッセージを見ただけで、本人に確認したわけじゃない」

二機のメカは熾烈に戦っている。助太刀したくとも、無用といわれてしまった。山崗総督の処刑の場面を思い出し、自分もああなるのだろうかと思った。五里霧中で身震いした。

若名ビショップ
ハリウッド

1

那珂原共同でブラディマリーと対決したい気持ちと、ためらう気持ちの両方がビショップにはあった。

カマキリ號で到着しながら、励子が訊いた。

「ここに来たことはあるの？」

「一度だけだ。豪華なメディアセンターを課員二人に案内された。コンサート会場のように広かった」

「なにをする機関？」

「共同放送の最大の任務は国内通信網の統制だ。特高のモットーは〝元型《アーキタイプ》の建設〟なんだ」

「ご立派な響きね」

「特高は物語やシンボルの連続として社会をとらえている。大衆は物語やシンボルを信じることで社会のルールにみずから従う。物語やシンボルがなく、ただ物理的に強制しても長続きしない。法の執行者より大衆のほうが多数だからな。幅広く伝わるシンボルは大衆を統制し、秩序を守る。かつてのアメリカでこういう社会的信仰を築くのは、宗教の役割だった。皇国では、特高が社会的アーキタイプの創造と管理をになっている。思想警察として神の役割を代行し、ソーシャルをはじめとする機界の交流空間をつくる」

「特高の職務範囲がそんなに広いとは知らなかった」

「情報は選別が必要だ。フィルターをかけない完全な自由は人々を圧倒し、困惑させてしまう。本物の自由ではなく幻想の自由をあたえることが重要なんだ。幻想の選択肢さえあれば人々はなにごとも受けいれ――」

　ビショップは言いよどんだ。励子がふりむいて、青ざめた顔を見た。ビショップはよろめいてコンソールにつかまる。

「ビショップ？」

深呼吸した。多村総督の暗殺直後に起きた事件を思い出す。軍事機密をナチスに売った容疑で、あるビジネスマンのグループを逮捕するように槻野警視監とともに命じられた。犯人たちはそれぞれの自宅で一斉検挙され、特高の広い尋問室に集められた。目隠しして並ばされた八人のうち、四人はパジャマ、二人は裸、残る二人はボクサーパンツ姿だった。三人は恐怖で下着を汚し、一人は号泣していた。特高課員たちは銃をいつでも撃てるように手にしていた。

槻野は犯人たちに言った。

「わが国のメカパイロットの個人情報をナチスに売っているのはわかっている。契約、渡した情報、ここにいる以外の協力者について話せ。最初に口を割った者は生かしてやる。残りは全員処刑する。さあ、最初に話すのはだれだ？」

「ナチスに機密は売ってない！」一人が叫んだ。

「ナチスは憎い敵だ！」

ビショップは国賊たちの醜態に辟易しながら、電卓でそれぞれのプロファイルを探した。しかし容疑内容を読みながら奇妙なことに気づいた。この八人が軍事情報をナチスに売り渡したとする告発状に添付されているのは、彼らが入手できるはずのない海軍の図表なのだ。槻野が指摘した機甲軍の情報ではない。

海軍の何者かが彼らをおとしいれようとしているのか。しかし告発状の文面にも、売り渡したのは機甲軍のメカパイロットのプロファイルとある。海底基地やクラーケン級攻撃型潜水艦の見取り図ではない。

　ビショップは槻野に近づいて耳打ちした。

「すこしお話が」

　槻野はうなずいて、別室へ移動した。ビショップは矛盾について説明した。すると槻野は言った。

「データシステム課に修正しろと言っておいたのだが、直していなかったようだな」

「つまり、ご存じだったと？」

「もちろんだ。憲兵隊のずさんな仕事のせいだ」

「どういうことですか」

「ある大臣がこの八人の事業を乗っ取ろうとしているんだ。業を煮やした大臣は、適当な理由をつけて排除しろと憲兵隊に命じた。その後始末をわれわれがやらされているわけだ」

「では無実なんですか？」

「容疑についてはな」

槻野が知っていたことに愕然としてビショップは訊いた。

「それでいいとお考えなのですか？」

「いいとは思ってない。しかし新政権が足場を固める過程でこういう仕事はよくあるし、われわれにしばしばまわってくる」

「隠していたんですか？」

「貴様を守るためだ」

「でも彼らは無実です。本物の国賊を探さないと」

「事情はすでに上官に報告した。それでも命令服従を指示されている」

「山崗総督はニュース番組で赦しと和解を呼びかけていました」

「事件の真相と、現場でくだる命令は乖離しているものだ」

「命令にそむくとどうなりますか？」

「ほかの特高課員がかわりにやるだけだ」

「しかし、こんなことはまちがっている」

槻野はじっとビショップを見た。

「先週、記者たちを逮捕したな」

ビショップは目を細めた。

「はい。まさか彼らも無実だったと？」

「あの記者たちは山崗総督に批判的な記事を書いた。当初あたしは処刑せよと命じられた。そこで上官にかけあい、処刑はやりすぎだと認めさせた」

「かわりに手を切断したのはやりすぎではないと？」

「義手をつければいい。今回の八人のビジネスマンはたしかに濡れ衣を着せられて処刑されるが、以前、武器の密輸出を手がけていたのは事実だ。その武器がわが軍にむけて使われた。戦いは時と場所を選ばないわけだ」

「しかし臣民を守るために臣民の手を切り落とすというのは、正気ではありません」

槻野の悲しげな表情を見て、ビショップは驚いた。槻野は言った。

「そのとおりだ。しかしわれわれは剃刀の刃の上を渡るカタツムリだ。まずわが身の痛みを小さくとどめる。そのうえで、可能であれば他人の痛みに配慮する」

「どういうことですか」

「あたしと貴様が命令に従おうがそむこうが、あの八人は処刑される。悪をなす立場なら、配慮が必要な者への悪を緩和してやることもできる。なにもしないよりましだ」

「もっとやりようがあるはずです」

「ほかにやりようはない。特高であるかぎり」


「ビショップ！」

コクピットの励子から怒鳴られた。はっとして励子を見た。

「ちょっとぼうっとしてた。すこし休んだほうがいいようだな」

「サイバーバブルに長時間はいっていたからよ。仮眠をとりたいならしばらく待つわよ」

「仮眠か。ブラディマリーが全都を壊滅させているときに。いや、けっこうだ」

日が暮れて那珂原共同の施設全体に照明がともっている。真上にむいたスポットライトは権威の象徴だ。正面入り口前にパトロールカーが何台も止まっているが、すべて破壊されているか放棄されている。装甲兵員輸送車五台が垂直に積み重ねられているのは謎だが、シグマ號のいたずらだろう。

「おまえは来なくたっていいんだぞ」

「行く」

「カマキリ號が必要になったらどうするんだ」

「電卓が復活したから遠隔操作できる」

二人は地上に下りて施設にはいった。

正面ロビーは川が流れる屋内庭園になっている。ホロ映像の花が揺れ、蜂が飛ぶ。通常なら警備員、センサー、その他のセキュリティシステムが反応するはずだが、なにも起きない。川をのぞくと死体が多数沈んでいた。三十体以上。すべて特高関係者だ。ビショップは瞑目して怒りをこらえた。

受付のデスクに四人が倒れ伏している。

ビショップはその一人の顔を起こした。若い。数年前からこの共同の受付で勤務しているはずだ。

「知りあい？」

励子がのぞきこみ、なにかに気づいたようだ。肌の質感がどことなくプラスチックめいている。

「いいや」

ビショップはその受付係の眼窩《がんか》に指をいれた。

「なにを……！」

ビショップの指が眼窩の奥深くにはいり、眼球をえぐり出すのを励子は恐怖の目で見守った。眼球を包む強膜に、粘液におおわれた細い配線の束と赤い油脂が張りついている。

ビショップはうなずいて、強膜から出た配線を電卓につないだ。

「これ……機械人間なの？」

「こいつが見たものを見る」

受付係が死の直前に見た光景が電卓の画面に映し出された。巨大な剣をかついだ仮面の女が一人。うしろに十九人の兵士を連れている。

受付係は話した。

「特高へようこそ。現在の情勢から適切な許可証の携行をお願いしていますが、いまは身分証もご提示いただけないようです。恐縮ですが——」

ブラディマリーの大剣の切っ先が受付係の額めがけて突き出された瞬間に、映像は途切れている。

「あまり役に立たないな」

ビショップは言ってから、靖に電卓で連絡をとろうとした。

「どこにいる？」

しかし返事がない。

次にやることを考えていると、正体不明の八人がこちらへやってきた。電撃警棒や日本刀を手にしている。身につけたアーマーは身体能力を強化し、通常弾程度は跳ね返す防護性能を持つ。電卓でプロファイルを見ると、驚いたことに総兵秘匿作戦隊の兵士たちだ。

その一人が怒鳴った。

「なんの用があってはいってきた！」

「捜査に来たのよ。あなたは？」励子が応じた。

「われわれはブラディマリーの部下だ」

「本人はどこに？」

「そんなことは関係ない」

ビショップは逆にすごんだ。

「他人の本拠地に土足で上がりこんでその口のきき方はなんだ」

「気にいらなかったらどうするんだ？」

答えるまえに、励子が義腕から四本の細長いものを抜いた。それらはナイフドローンで、励子のそばに並んで浮かんだ。

「そんなの持ってたのか」

ビショップは驚いてつぶやいた。見まわすと、対峙する兵士たちもおなじように狼狽している。

励子は答えた。

「ブラディマリーの襲撃後に追加したカスタム装備よ」

　悪党たちは銃と日本刀をかまえた。励子はそこにナイフドローンを飛ばした。高速で凶悪。さらにスマート徹甲弾を発射する。三人がそれで膝を撃ち抜かれて倒れた。四人はおたがいの誤射で肩や腕をえぐられた。大柄な最後の一人は、ビショップ用に残された。

　しかしこの相手には見覚えがあった。

「どこかで会ったか？」ビショップは訊いた。

「知らんな」

　ビショップは殴りかかろうとして、逆に顔を蹴られて倒れた。跳ね起きて殴りあいをはじめる。

　励子はそのあいだに負傷者の一人を起こし、腿にナイフドローンを突きつけて尋問をはじめた。

「話すか脚をなくすか、どっち？」

　人の本性は戦ってみればわかるという言葉がある。しかしビショップの経験では、戦う人間にあまりちがいはない。だれもがあせり、愚かになり、生きることを優先する。血を流すのも、唾を吐くのも、悲鳴をあげるのもおなじ。小便の漏らし方さえおなじだ。戦闘経験があれば長く耐えるが、最後は強く優位な者が勝つ。映画やゲームとちがって、戦いに崇高な要素はない。技量の高い戦闘者でもミスはする。どんなパンチもあたりどころが悪ければ指が砕け、戦闘終了になる。

　相手は訓練を積んでいた。ビショップはアッパーカットを読んで阻止し、カウンターで掌底突きをいれた。相手には力と敏捷さがあった。ふたたび拳を交差させたとき、ふいにどこで見たのか思い出した。

「横山アルバートか。ブラディマリーの捕虜になった秘匿作戦隊の」

　顔の特徴はブラディマリーの映像に出てきた男と一致する。しかし映像のなかでは血とあざだらけだったのに、いまはどこにも殴られた痕はない。

　横山は猛烈な勢いで突進してきた。しかし励子のナイフドローンに脚をやられて転倒した。

　ビショップは不満顔で言った。

「俺が倒すはずだったのに」

「時間かかりすぎ。ふて腐れないで」

　励子は四本のナイフドローンを横山に突きつけた。

「さあ、秘匿作戦隊がブラディマリーの指揮下にはいった理由はなに」

「だれも言わない真実を教えられたからだ」

「あの電卓の猿芝居に出演したのはそのため？」

「お国のためだ」

「ブラディマリーはいまどこにいる？」ビショップも訊いた。

横山は口をつぐんだ。

励子は先に尋問した兵士をしめして教えた。

「彼によると、ポートピア機界聖堂というところにブラディマリーはいるらしいわ」

ビショップは電卓で調べた。

「共同放送に四つある大ホールの一つだな。十八階のはずだ」

「この横山はどうする？」

ビショップは顔を強く殴って昏倒させた。

二人はエレベータに乗って十八階へむかった。

「どうもおかしい。いくらブラディマリーが凄腕でも、特高の本拠地の最深部までこんなに簡単にはいれるはずはない」

「ロビーで関係者が多数殺されていたじゃない」

「侵入を防ぐための暗証コードやフェイルセーフ機構がある。特殊部隊でも突破できないはずだ。ということは、内部に共犯者がいるんだろう」

「口車に乗せられたのね。秘匿作戦隊さえ口説き落とされたくらいだから」

「さっきの兵士の尋問でほかにわかったことは？」

「コサック暗殺はやはり山崗総督が彼らに命じてやらせたものだった。でも当時の秘匿作戦隊はすでにブラディマリーに取りこまれていた。だからランサー元帥の政敵を排除する目的で暗殺を実行したのよ」

「ランサーって、独領アメリカ副司令官の陸軍元帥ランサーのことか？」

「彼も独自の革命をたくらんでいるようね」

　ビショップは底なし沼にはまりこむ恐怖を感じた。

「俺の手に負えない気がしてきた」

「なんとかなるわよ」

　エレベータが止まった。さまざまな有名人のポスターが壁一面に貼られた廊下を二本走りぬけると、ポートピア機界聖堂にたどり着いた。そこはさながら娯楽の神々をまつった教会のようだった。壁にはめこまれたディスプレイはステンドグラスのように輝いている。まばゆい光、高い天井。宗教的な荘厳さがただようマルチメディアの殿堂だ。

　祭壇の近くに九人が逆さに吊られていた。いずれも特高課員の死体だ。ビショップは血が凍る思いでそれを見た。現実の死体に見えないが、死臭はあきらかだ。自分がこのうちの一人だったとしてもおかしくない。電卓にも名前しか表示されない。階級、経歴、行動歴は機密扱いになっている。

　十人目の被害者は息があった。乾いた血をこびりつかせた顔で震えている。肩口に蝶の刺青。靖だ。

　ビショップは駆け寄って尋ねた。

「なにがあった？」

「ブ……ブラディマリーだ。知りたいことを聞き出すと……みんな殺した。お……俺だけが残された。メッセージを伝えるために」

「どんなメッセージだ」

「に……日本合衆国は……死んだ、と」

　恐怖で震えながら靖は言った。腕に何カ所も刺された痕があり、歯が四本以上抜けている。鑑識官の相棒がこれほどおびえているのを初めて見た。

「ほかにはなにか？」

　靖は声を詰まらせ、どもりながら言った。

「き……訊かれた。一人目の殺しを憶えているか……と」

「その質問か」

「そ……そうだ」

励子が目配せした。靖の体が落下しないように二人でささえて、足を吊ったロープをナイフドローンに切らせた。

「ブ……ブラディマリーがあのメッセージを発信するのを……止めようとしたが、できなかった」

「しかたないさ。槻野さんは無事か？」

「み……見てない。ここに……来る予定だった。たどり……着けなかったのかも」

上司の安否もあとで調べなくてはいけない。

「ブラディマリーはいまどこにいる」

「う……上に行った。へ……ヘリポートだと思う」

ビショップは励子と目を見あわせた。

「行こう」

「ま……待て」靖が止めた。「まだ……話してないことが」

「なんだ」

「す……すまない。嘘を……ついていた」

「俺にか？」

「おまえは……ウルフヘトナーだ。意識を失ってるときに……メ……メッツガー博士がしかけた」

「でも、あのときおまえは――」

「嘘を……ついた。おまえの体内変化を……追跡して調べるためだ」

「じゃあ、俺の体は爆弾なのか」

　メッツガーにつかまって目覚めたとき、腹の奥に痛みがあったのを思い出した。

「そうだ……。おまえの体は……適性があった」

「どういうことだ？」

「お……おまえはテクサーカナで……第四八九一計画のただ一人の生存者だった」

「なぜテクサーカナでのことを知ってるんだ？」

「お……俺もかかわっていたからだ。陸軍は……テクサーカナの東側のナチスの動きについて……情報を求めていた。でもこちらのスパイはみんな逮捕され……殺された。ナチスの地下基地でなにがおこなわれているのか……知る必要があった。生物兵器や……化学兵器が開発されているのか……」

「そのためにブラディマリーを？」

「お……おとりだ、彼女は。陸軍は……数百人の兵士の脳に……電卓痕跡《エングラム》をしこんでいた」

「エングラム……？」

「出撃前に、鼻に……なにか注射されただろう」

あのときのワクチン接種の激痛を思い出した。

「ナチスの生物兵器を効かなくする薬だと説明されたが」

「嘘だ……あれは人工的なエングラム……脳に侵入してとどまる電卓レセプター……見たもの、聞いたもの、嗅いだにおいを記録する……」

目的が思いあたった。

「偵察として俺たちは送りこまれたのか」

「視覚、聴覚、嗅覚、触覚情報は……すべて記録される。体が死んでも……エングラムのデータは残る」

自分たちは情報を吸収するスポンジのようなものとして敵地に投げこまれたのだ。そして回収された記憶から全体像を描き、それをもとに特高ないし陸軍情報部は戦略を立てた。

「じゃあ、ブラディマリーの掩護はどうでもよかったのか」

「そうだ。おまえたちを送った目的は……情報だ」

「槻野さんはこのことを知ってたのか？」

「いや……警視監はご存じない。信用できないと……みなされていた」

「槻野さんが？」

「過去の記録から……部下や人々を守ろうとする傾向が強すぎると……。そのために命令にそむいたことが何度も……」

　ビショップは深呼吸した。選択肢はすべて知っておきたい。

「爆弾はどうやって作動させるんだ？」

「作動……？」

「爆発させる方法だ。どうすれば自爆できる？」

　ブラディマリーとの戦いが劣勢になった場合でも、最終的に彼女を阻止する方法を確保しておきたい。

　靖は自分の電卓を出した。

「作動ボタンがある。押せば……爆発する」

　奪うようにその電卓をつかむと、エレベータにむかった。

「ビショップ！　待って！」励子が叫ぶ。

「おまえは来るな」

「どういうこと？」

「俺はブラディマリーを止める。なにがあっても。おまえはカマキリ號にもどれ」

「単身でいどんでも勝ちめはないわよ」

「二人で行ったって勝ちめはないさ」

「だから自爆して止めようっていうの？」

「それしかなければ」

「そんな必要ない。二人で行けばなんとかなるわよ」

「悪いが、おまえは敵か味方かわからない」

「どういうこと？」

「なにも知らないと思ってるのか。おまえが多村総督を暗殺したグループに加わっていたことはわかってるんだ！　ブラディマリーが公開した情報パッケージにすべて書かれていた」

励子はひるまずにビショップの視線を受けとめた。

「太閤市で総督暗殺を試みて未遂に終わったグループに、たしかにわたしは加わっていた。謝るつもりはない。多村は悪人でナチスの協力者だった。立場を利用して自分と一族の利益を追求し、臣民に不利益をしいた。この点でわたしは国賊ではないわ。むしろ彼によって国益が損なわれるのを拱手傍観《きょうしゅぼうかん》したすべての人々こそ国賊と呼ばれるべきよ。でも、わたしたちは暗殺に失敗した。なぜなら多村の警備班が計画を事前に知ってそなえていたから」

「じゃあ、どうやって――」

「やったのはブラディマリーよ」

「ブラディマリーが？」

「彼女が最終的に総督を仕留めた。そして数カ月後に、今度は〈戦争の息子たち〉を殺しはじめた」励子は説明した。「自爆はやめて」

「したくなくても、やらざるをえないかもしれない」

「姪っ子はどうすんのよ」

「むしろあの子のためだ。被害者がこれ以上増えるまえにブラディマリーを止めなくてはいけない」

「わかるけど、あんたを一人で行かせるわけにはいかない」

「いいか、俺が自爆したら――」

「死ぬのは怖くない。あの女が上にいるのなら、いっしょに止めましょう」

励子の命を危険にさらしたくない。しかし言いだしたら聞かないのもわかっている。貴重な時間を口論に費やせない。それに彼女の言うとおり、二人なら勝機があるかもしれない。

「本当に危険だぞ」

「覚悟がないとでも」

ヘリポートへ上がるエレベータに乗った。ビショップは拳銃を確認し、励子はナイフドローンを点検した。

「俺は父親のいない家庭で育ったことがいやだった。父が名誉を捨てて生きるほうを選んだらどうだっただろうと、いつも想像した。姪のレナも自分の父親を失って苦労し、俺はその穴をすこしでも埋めようとしてきた。いま俺までいなくなるわけにいかないんだ」

「もちろん生きて帰るわよ」

ビショップは暗い顔でエレベータのドアを見た。

「あの子に話したいことがまだたくさんある。父も死ぬまえにそうだったのかな」

父が電話で自決すると知らせてきた夜のことを思い出した。

「死ぬことばかり考えないで」励子が強く言った。

最上階に着いた。

屋上に出ると、ブラディマリーが一人でいた。メッセージ映像とおなじ当世具足の甲冑をつけ、地上で戦うメカを眺めている。

Ｋのハリネズミ弐號は、すでに鬼束大尉とその同僚があやつるディアドコイ機を倒して煙の立ち昇る残骸に変えていた。

大西少佐のヴァルキリー號と渡部将軍のシグマ號の一騎討ちはまだ続いていた。どちらも装甲の一部を失い、シグマ號は象の鼻を切断されている。最後の突進のまえに呼吸を整えている。ヴァルキリー號は刀を右に開いた脇がまえ。シグマ號はチェーンソーを正眼にかまえる。ブラディマリーをふくめてだれもがその戦いを見つめている。メカ間の通話は一般チャンネルを通しているのでだれでも聞ける。しかしいまは両者とも無言だ。

シグマ號のチェーンソーが最後の攻撃にむけてうなった。突進して右から左へ斬りこみ、刃先がヴァルキリー號の腹にはいった。大西少佐の負けか。しかしこれは少佐が間合いを詰めるための戦法だった。チェーンソーの刃は腹部装甲（ＢＰＧを守るために装甲がもっとも厚い）にぶつかって止まっている。数秒かければ腹を割かれるだろうが、少佐にはその数秒で充分だった。融合剣の太刀先をシグマ號の首に突きこむ。急所を一撃でつらぬいた。

「革命は終わりですわ」

刀を引き抜く。シグマ號はブリッジの配線と配管をすべて絶たれ、制御を失った。チェーンソーは地に落ち、腕はだらりと下がった。

しかしブラディマリーに動揺は見られなかった。平然とビショップと励子にむきなおった。

これが最終決戦だろうかと思いながら、ビショップは南部熱線銃を強く握った。隣では励子がナイフドローンを空中に浮かせている。

「二人そろってなんの用だ」ブラディマリーは問うた。

「もうこれ以上、人々を殺さないでほしい」ビショップは言った。

「戦争の報酬は死だ。組織的殺人の血の報いを永遠の知識として刻むのが、ブラディマリーの贈り物だ」

「そんな贈り物はほしくない！」

「無料で配ろう。この情熱を感じてもらうために」

「殺人への情熱ならあきるほど感じている」

「多くあたえられる者は、多く求められる」

ビショップは銃口を上げた。

「おまえを止めるためなら、なにを求められてもかまわない。この命でも」

「求めるのが命ならとうに殺している。しかし勝負を望むのなら……」

ブラディマリーは刀をかまえた。

ビショップは励子の攻撃と同時に物理弾モードにした銃のトリガーを引いた。しかしだめだ。銃弾は指向性プラズマシールドに吸収された。ブラディマリーは平然と近づいてくる。ビショップと励子は走って距離を詰めた。近くからならシールドの効果は弱くなるはずだ。

しかしブラディマリーは俊敏だった。まずビショップがやられた。すれちがいざまに刀が一閃。空振りかと思いきや、ゴトリと音がして、見ると銃を握ったままの腕が床に落ちていた。肩口ですっぱりと切断されている。

励子のナイフドローンの最初の一本を、ブラディマリーは義腕でブロックし、もう一本は空中で叩き斬った。励子は残る二本を左右から狙わせ、自分はレーザー銃をかまえた。発射したレーザーはプラズマシールドに跳ね返されたが、その防御は側面までまわりこんでいない。ナイフの一本がブラディマリーの肩に刺さり、もう一本は反対の脇腹めがけて飛んだ。励子は好機とみて体当たりした。ナイフで横から顔を狙う。しかしブラディマリーはこれを腕で止め、励子を突き飛ばして離れた。

「ナイフドローンの技を修練したようだな」

「あの日から今日までずっとね」

励子は二本のナイフを突っこませた。ブラディマリーは上へ飛び、シールドで身を守った。ナイフを退かせ、ふたたび襲わせる。しかしプラズマシールドはナイフの運動エネルギーを吸収し、ブラディマリーの体に届くころには簡単にはじける程度にしてしまう。装甲スーツにペーパークリップを投げるようなものだ。

ブラディマリーはナイフを二本とも空中から叩き落とした。励子はレーザー銃を連射した。その一発が手に命中。

するとブラディマリーは焼けたグローブをはずし、損傷した皮膚をはがした。その下からあらわれたのは銃腕《ガンアーム》。銃というより機関砲のように太い。

「こちらは生涯をかけて革命を準備してきた」ブラディマリーは言った。

正面から四発。爆発の衝撃で励子は吹き飛ばされ、床で頭を打って気絶した。

ブラディマリーはビショップに歩み寄り、その首すじに太刀先をあてた。皮膚が焼ける。電荷で熱パルスを発し、金属さえ容易に切れるようになっている。膝を蹴ってひざまずかせた。

ビショップのもう一方の手はポケットにはいっている。爆弾の起爆スイッチに指をかけている。

「殺されるまえに、本名を教えてほしい」

「本名？」

「ブラディマリーは仮名のはずだ」首すじの刀に負けまいと気を張った。「記録ではその名による活動歴が四十年分ある。殺されるなら本名を知って死にたい」

「ブラディマリーは何代も受け継がれてきた名だ。テクサーカナでロケットパック兵を救ったブラディマリーは、多くのナチスを暗殺してきた複数のブラディマリーとは別人だ。先代が作戦で死亡すると、次代が襲名してきた」

「ではおまえは？」

　ブラディマリーは面をはずした。

　あらわれた顔にビショップは愕然とした。同時に、深く納得してもいた。

「槻野……警視監。どういうことですか？」

「貴様を殺したくはなかった。父上のことがあるからな。しかし選択肢はもうなくなった」

「教えてください、なぜこんなことをするのか」

　しかし頭のなかで点と点がつながりはじめていた。特高の警視監ともなれば、一般に流布するプロパガンダではなく、皇国政治の実態を見られるだろう。そしてだれにもできない高度な心理戦を大衆にしかけられる。特高に気づかれずに戦力を集めることもできる。

　ビショップの指は爆弾のボタンにかけたままだ。

槻野はビショップを見た。

「自分の立場から皇国を少しでも変えようと長年努力した。しかし現状維持、権力維持を求める既成の体制にはばまれた。若名将軍の最期がその例だ。正義のために立とうとした同僚の特高課員が何人も逮捕、処刑されるのを見てきた。真の変化をうながすにはもはや革命以外にない。暴力の洗礼で固陋《ころう》を排除するしかない」

上空からティルトローター機が降りてきてヘリポートに着陸した。

「お話は否定できません。しかし、多くの民間人を殺したのはなぜですか？」

「貴様の姪は無事だったはずだ」

「はい。その点は心から感謝しています。しかし多くの人が家族を失いました。わけを教えてください」

槻野は答えず、べつのことを訊いた。

「一人目の殺しを憶えているか？」

「その質問はすでに聞きました」

「本当の意味での一人目だ。あたしが最初に殺したのは、皇国のために善をなす意欲に燃えていた若い女だった。彼女は沈黙線のあるキャンプ地を襲えと命じられた。ナチスがかくまわれている疑いがあったからだ。しかし実際はナチスなどいない、ただの難民キャンプだった。彼女は上司の嘘を信じて八人を殺した。翌朝になってその八人はナチスなどではなかったことを知った。自分は正義の戦士ではなかった。高い城の上で権力維持に汲々とする老人たちのために働く殺し屋でしかなかった。だから彼女は、そんな老人たちを殺すと誓った。そのためにはまず自分を殺さねばならない。だから、ブラディマリーを生み出した若い女を、この手で殺した。ずっと昔のことだ。彼女の名前も情報も残っていない。この手でもみ消した」

腕から大量に失血したビショップは朦朧としはじめていた。遠ざかりそうになる意識を必死につなぎとめながら、若い槻野昭子が過去の自分を殺したことを考えた。ビショップは痛みを感じつつも、それさえ迷霧に呑まれようとしていた。

電卓のボタンから指を離した。ばかなことをしていると思いながら、運命を受けいれることにした。

「もう……いいですよ」

槻野は刀を振り上げた。しかしいつまでも刃は下りてこない。やがて鞘におさめられた。

「貴様を助命するのはこれで三度目だ」

「なぜ……?」

「若名家はすでに多くを失っている。姪のところへ行け、若名ビショップ。革命はあたしが遂行する」

槻野はもとどおりに面をつけ、ティルトローター機へ歩いて機内に消えた。

ビショップは励子のそばに這っていって、無事をたしかめた。励子は目を開いた。

「ブラディマリーは？」

ビショップはティルトローター機を指さした。

「カマキリ號を遠隔操縦するわ。そして電磁銃を使って――」

「動きを止めてくれれば、俺が乗りこんでウルフヘトナーを作動させる」

「地上から狙撃すればいいじゃない」

「じつはさっき、殺せる機会があった」

「なぜ、やらなかったの？」

しかし数日前とちがって、いまの励子の問いには怒りもとまどいもなかった。

「なぜなら、ブラディマリーの本名を知ったからだ」

ティルトローター機は離陸し、ブラディマリーは去った。ビショップの視界は暗転した。

2

小さな寝息と、腹の上の重いものに気づいて、目が覚めた。病院のベッド。姪のレナが脇の椅子に腰かけ、ビショップの腹を枕がわりに頭と腕をのせて眠っていた。病院のロビーからバイオリンの旋律が聞こえてくる。右腕はどうなったのか。肩口からはえているのはもとの腕ではない。動かそうとすると、機械義腕は小さな回転音とともに持ち上がった。

レナが目を覚まし、ビショップを見て抱きついてきた。額にこぼれた前髪をかきわけてやった。

「やっと気がついたのね！」レナは声をあげた。

そのむこうで励子がやはり椅子にすわっていた。

「よかったわね」

「どうして俺は生きてるんだ？」

「わたしが運んだから。いろんなものを破壊しながら酒居充泰病院へ急行して、失血死寸前でなんとかまにあった」

ビショップは感謝をこめて微笑んだ。

「貸しができたかもな」

「かもな？」

「ありがとう。いつか礼はする」

「おかしな巻き鮨をたくさん食べたい」

「了解。ところで……ウルフヘトナーはどうなった？」

「あんたの同僚の靖が執刀医と協力して除去した」

「あれからどれくらいたったんだ？」

「五日よ」

驚いた。

「五日も？　そのあいだになにがあった？」

「一口には説明できないほどいろいろ」

「かいつまんで教えてくれ」

「わが国は四面楚歌よ。ブラディマリーはＵＳＪの国家消滅を宣言した」

「あいつはどうなった？」

「ブラディマリーはあの日以来、行方不明」

槻野昭子とまた会う日はあるのだろうか。緊張したせいで咳きこみながら訊いた。

「皇国は？」

「いろいろ経緯があって、いまは本国から出撃した攻撃型メカがこちらへむかっている」

「安静と回復。そのあいだは姪とたっぷり話せばいいじゃない。わたしの話はあとでいい」

「俺になにができる?」

励子は病室を出ていった。レナはこの一週間に起きたことを逐一話してくれた。ビショップは笑って聞いた。

「最近はおいしいものを食べたか?」

「ママが麻婆豆腐と炒飯をつくってくれた。でもおじちゃんがつくったほうがおいしい」

「香辛料と挽肉のバランスが難しいんだ」

「わたしもお料理したい。いつ退院できる?」

ビショップはドアを見て、励子はどこへ行き、なにをするのか考えた。それから姪にもどって答えた。

「きっとすぐだ」

守川励子
ロサンジェルス

1

ビショップの病室を出て数時間後、励子は〈戦争の息子たち〉の残存会員による緊急会議に出席していた。降りだした雨が強くなり、屋根を叩いていた。

集まった上級会員四十七人は、だれも面をつけていない。政府高官、将軍、有力政治家が正体をさらして一堂に会しているのを初めて見た。

豊田《とよだ》副大臣が演壇に上がった。〈息子たち〉で副司令官として指揮をとってきた豊田は、山崗とおなじ陸軍出身で、二十年にわたる同僚だった。

「ブラディマリーがＵＳＪ消滅を公式に宣言したため、皇国は戦争を準備している。しかしもっと懸念されるのは〈新アメリカ人〉と称する新勢力だ。彼らは急速に影響力を広げている。指導者の一人である大西範子少佐は、メカ部隊を率いて大臣八人を拘束した。大西は渡部将軍との一騎討ちで大衆人気を得た。ランサー元帥はこの機に乗じて独領アメリカでみずから革命を起こした。状況は流動的だ。ナチスにいつ寝首をかかれてもおかしくない」

　将軍の一人が言った。

〈新アメリカ人〉への言及を励子は興味深く聞いた。じつは革命後、励子はそこに加入していた。ブラディマリーの協力組織とみなす報道も一部にあるが、実際のつながりはない。

「山崗に全責任をかぶせよう。すべて山崗の独断専行であり、征夷大将軍就任の野心などわれわれは知らなかったと、東京参謀本部に釈明すればいい」

「山崗の誤算だ！　こんなあやうい立場になるとは」

「あの秘密情報の山をどうしてブラディマリーに渡してしまったのか」

　励子は強く言った。

「降伏したらこちらは全員極刑ですよ。逃げおおせるのは無理です。どう言い訳しようと東京参謀本部の手は伸びてきます。団結して戦う以外にありません」

「そのとおりだ」だれかが言った。

「慈悲など期待するな。ありえない」

「しかし山崗亡きいま、だれが指揮をとる？」

「〈戦争の息子たち〉はどうなる？」

豊田副大臣は静粛を求め、話した。

「東京参謀本部からは個人的に次の確約を得ている。山崗にすべての責を負わせるなら、東京はこれを受けいれる。われわれの復職と権限維持も認められる」

賛同の声が多くあがった。抗戦の見通しが立たない状況と、山崗への強い反感から出たものだ。

励子はそれが気にいらず、声を荒らげた。

「たしかに〈戦争の息子たち〉は終わりでしょう。しかし一人一人が持ち場を死守すれば危機を乗りきれるはずです」

「ナチスと皇国の両方とは戦争できない」

「ナチスがそんなに怖いのですか」

「二正面作戦に勝機はない」

「急いては事をし損じるぞ」

議論は紛糾した。臆病者が降伏こそ常識であり理《ことわり》であると説くように、励子は心底うんざりした。視線を議場の壁へとさまよわせる。そこには下手な絵が何枚もかけられていた。それぞれ隣に名刺大の紙片が貼りつけられ、題名と希望販売価格がしるされている。たいした絵ではないのに強気の値付けだ。励子の視線が惹きつけられたのは副大臣の背後にある一枚だった。描かれているのは男を食う女。食われている男もべつの女を食い、その女もべつの男を食っている。鋭い歯の連鎖。もがいても逃れられない。

保身しか考えない〈戦争の息子たち〉に励子は幻滅していた。山崗が健在のときはこびへつらい、亡きあとは後足で砂をかける腰抜けども。真の忠節は世に少ない。しかし、のちの世には自分もそう言われるのだろう。

〈戦争の息子たち〉に合流をうながす役を〈新アメリカ人〉の幹部からまかされていた。戦力としていずれ役に立つ場面があるだろうと励子は思っていた。しかし頭がこれほど旧弊では望みはない。

会議は山崗譴責と、皇国への忠誠確約を表明することを決議して終わった。有能な高官と将軍たちが時代遅れのやり方に固執したのは残念だ。進化すべきときなのに。

〈戦争の息子たち〉が無残に失敗したあとに、新たな政治集団に参加することにはためらいもあった。しかし〈新アメリカ人〉の幹部には大西範子少佐がいて、その意見はグループ内で重んじられている。最終的に決断したのは、一般会員ではなく幹部として招かれたからだ。〈息子たち〉は多村総督の支持者を容赦なく切り捨てたが、〈新アメリカ人〉は〈息子たち〉に合流のチャンスをあたえたことも好ましく思った。しかし結局彼らは、処刑はされないまでも、逮捕されることになる。

　ふたたび壁の絵を見た。女の口のなかの男は不思議な表情をしている。苦痛と、終わりない敵愾心《てきがいしん》と、他人を食う欲望。幹部会議が最後の採決をする声を聞きながら、励子は不本意ながら電卓で合図を送信した。兵士たちが議場に踏みこんでくる音を聞きながら、瞑目して、異なる未来を夢想した。メカに乗って戦争するのではなく、惑星を探検する夢だ。

　美しい夢だった。

訳者あとがき

第二次世界大戦に日独が勝利した設定のアメリカで、日の丸をつけた巨大メカがあばれまわる衝撃的なカバーイラストで話題を呼んだ『ユナイテッド・ステイツ・オブ・ジャパン』（以下、ＵＳＪ）。これにはじまる歴史改変ＳＦ三部作は、第二作『メカ・サムライ・エンパイア』（以下、ＭＳＥ）をへて、この『サイバー・ショーグン・レボリューション』（以下、ＣＳＲ）で幕を閉じます。著者のピーター・トライアスは第二作のタイトルがとりわけ気にいっているらしく、この三部作を呼ぶときに、〝メカ・サムライ・シリーズ〟や〝メカ・サムライ・エンパイア・ユニバース〟ということが多いのですが、ここでは短くＵＳＪ三部作と呼ぶことにします。

第一作の『ＵＳＪ』は二〇一六年にアメリカで出版され、同年秋に邦訳。高い評価を得て、翌二〇一七年に第四十八回星雲賞海外長編部門を受賞しました。この日本での好評をよろこんだ著者の協力によって、第二作の『ＭＳＥ』はなんと本国アメリカより先に日本で邦訳が出版されるという快挙をなしとげました。世界のどの言語圏よりも先に日本語でシリーズ第二作が読めたのは、二〇一八年四月。英語版がアメリカで出版されたのは同年九月でした。この『ＭＳＥ』もまた読者のみなさんのご支持により、翌二〇一九年の第五十回星雲賞海外長編部門を受賞しました。

　シリーズの前二作が星雲賞連続受賞という大きな期待を負わされたこの第三作ですが、さすがに日本先行出版というのは契約の特別な事情や協力によって可能だったもので、毎回というわけにはいきません。本書はまず今年三月にアメリカで出版され、遅れて邦訳出版の運びとなりました。

　この三作はもちろん共通の舞台を持ち、ゆるやかな登場人物の関連もありますが、基本的にはそれぞれ独立した物語になっています。とくに出版順や時系列順に読む必要はなく、著者はまず『ＭＳＥ』からはいって、そのあと『ＵＳＪ』、そして本書『ＣＳＲ』と読み継ぐことを推奨しているようです。作風としても『ＭＳＥ』は若者を主人公とした青春アクション。それに対して最初の『ＵＳＪ』は陰惨な謀略サスペンス、あるいはポリティカル・フィクションというべき内容でした。本書『ＣＳＲ』は、『ＵＳＪ』の直系というべきサスペンス小説になっています。

時系列としては、『USJ』は一九八八年をおもな舞台とし、『MSE』はその数年後の一九九〇年代を描いていました。この『CSR』の冒頭は一気に飛んで二〇一九年。『MSE』のラストシーンから二十数年が経過しているわけです。とはいえアメリカの状況はそれほど変わっておらず、日独はあいかわらず沈黙線をはさんでにらみあっています。

主要登場人物はメカパイロットの守川励子と、特高課員の若名ビショップ。この二人は高校時代の同級生で、こういう設定は『MSE』を思わせます。しかし励子は負傷によってメカ設計者として活躍する夢を断念していますし、ビショップはナチスの捕虜になったときに受けた拷問で心身に大きな傷を負っています。士官候補生ほど夢と希望にあふれてはおらず、苦い挫折を経験した大人の物語として描かれます。

基本的には新たな登場人物による新たな物語ですが、シリーズを通した顔ぶれも登場します。『MSE』で日本合衆国の行く末を憂慮していた山崗騰大佐は、本書では将軍に昇進しており、さらに政治のトップである総督に昇りつめます。彼は軍部の有志組織〈戦争の息子たち〉の指導者であり、そこに所属する励子にとっては上官にあたります。そして『USJ』で特高課員として活躍していた槻野昭子は、この第三作では警視監に昇進し、部下のビショップに指図する管理職になっています。主人公二人のそれぞれの上司が、日本合衆国の政治と謀略の世界でなにをしようとしているのか、裏の物語として読んでいく必要があります。

第一作、第二作で活躍した久地樂《くじら》は、今回は変名で登場します。第二作で登場した橘《たちばな》範子《のりこ》は、姓が変わって再出演します。名前がちがうために、英語版の読者のなかには前作までの登場人物と気づかない場合もあったそうですが……邦訳版では大丈夫でしょう。

ただ、範子については訳者としてここで少しお詫びと説明が必要です。『ＭＳＥ』の邦訳の読者の多くは範子を日系人として読んだと思いますし、訳者もそう思っていましたが、本書ではアフリカ系、つまり黒人として描写されています。これは設定変更ではなく、前作での一部の描写を訳者が誤解していたのが原因です。誤訳を著者と読者にお詫びします。機会があれば書籍版の訳文を修正したいと思っていますが、二〇二〇年八月現在、その機会がないままです。

ＵＳＪ三部作はここで完結します。著者は今後の執筆活動について、ＵＳＪの世界からは離れると述べており、長篇作品の次回作はべつのものになるはずです。もともとトライアスはＳＦジャンルの作家ではなく、普通小説をフィールドにしています。そのキャリアを大切にするために、いったんＳＦからは離れるとも話しているので、次の作品はＳＦの形はとらないと思われます。ＳＦファンからすると寂しくも感じられますが、『ＵＳＪ』

以前のトライアスの作品も根幹部分はSF的なアイデアから発想されていました。今後の作品もおそらくそういう傾向を持っているでしょう。

三部作の完結により、長篇作品でのUSJシリーズはこれで幕を閉じます。しかし短篇や中篇のような短い作品であれば、USJの世界を舞台にした作品を新たに書く可能性はあるようです。というか、じつはすでに書かれたものもあり、その一部を本書のSFシリーズ版に特別収録しています。本篇は終わっても外伝があります。いずれお見せできる日が来るまで、楽しみにお待ちください。

本書は、二〇二〇年九月に新☆ハヤカワ・ＳＦ・シリーズ版と同時に文庫二分冊で刊行されました。

宇宙《そら》へ

The Calculating Stars

メアリ・ロビネット・コワル

酒井昭伸訳

〔ヒューゴー賞／ネビュラ賞／ローカス賞受賞〕一九五二年、巨大隕石によりアメリカ東海岸が壊滅する。数学の天才でパイロットのエルマは、夫とともにこの厄災を生き延びるが、環境の激変のため人類が宇宙開発に乗りだすことになって——星々を目指す女性パイロットを描く改変歴史／宇宙開発ＳＦ　解説／堺三保

ハヤカワ文庫

タイムラインの殺人者

The Future of Another Timeline

アナリー・ニューイッツ

幹 遙子訳

一九九二年。コンサートの帰り道、女子高校生ベスは殺人の共犯者となる。二〇二二年、歴史の修正を試みる任務のため、時間旅行者テスは一八九三年のシカゴに向かい、タイムライン編集を試みる。二人の女性の人生が交差するなか、タイムライン編集戦争が激化するが……。新世代タイムトラベルSF　解説／橋本輝幸

ハヤカワ文庫

書架の探偵

A Borrowed Man

ジーン・ウルフ
酒井昭伸訳

図書館書架に住むＥ・Ａ・スミスは、推理作家Ｅ・Ａ・スミスの複生体《リクローン》である。生前のスミスの記憶や感情を備えて、図書館に収蔵されているのだ。そのスミスのもとを謎を携えた令嬢コレットが訪れた。彼女はスミスの著作が兄の死の鍵を握っていると考えていた。巨匠ウルフによるＳＦミステリ。　解説／若島正

ハヤカワ文庫

量子魔術師

The Quantum Magician

デレク・クンスケン

金子　司訳

驚異の量子解析力をもつ詐欺師の〝魔術師〟ベリサリウスは、厳重に警備されている〝世界軸〟ワームホール・ネットワークに宇宙艦隊まるごとを通す仕事を依頼された！　彼は一癖も二癖もある仲間を集め、量子もつれを用いて、世界軸を支配する巨大国家を煙に巻く世紀のコンゲームに挑むが……。傑作宇宙アクションＳＦ

ハヤカワ文庫

危険なヴィジョン〈完全版〉1

Dangerous Visions

ハーラン・エリスン編

伊藤典夫・他訳

〔ヒューゴー賞受賞〕アメリカSF界最高のカリスマ作家エリスンが、既存の英米SF界に一石を投じるべく企画・編集し、全作品に自ら序文を付した計三三篇収録の伝説的巨大アンソロジーがついに刊行！　本書はアシモフのまえがきとエリスンの序文をはじめとする〝危険な〟ヴィジョン八篇を収録。解説／高橋良平

ハヤカワ文庫

危険なヴィジョン〔完全版〕2

Dangerous Visions

ハーラン・エリスン編

浅倉久志・他訳

〔ヒューゴー賞／ネビュラ賞受賞〕いまあなたの手にあるのは単なる本ではない、運よくいけば、それは革命だ——奇才エリスンが、英米SF界の変革を試みた、全二三万九千語の書き下ろしアンソロジー！　本書はフリッツ・ライバーの傑作「骨のダイスを転がそう」をはじめ、一〇人による一一篇を収録。解説／若島正

ハヤカワ文庫

火星の人〈新版〉（上・下）

The Martian

アンディ・ウィアー
小野田和子訳

有人火星探査隊のクルー、マーク・ワトニーはひとり不毛の赤い惑星に取り残された。探査隊が惑星を離脱する寸前、思わぬ事故に見舞われたのだ。奇跡的に生き残った彼は限られた物資、自らの知識と技術を駆使して生き延びていく。宇宙開発新時代の究極のサバイバルＳＦ。映画「オデッセイ」原作。　解説／中村融

アルテミス（上・下）

ARTEMIS

アンディ・ウィアー
小野田和子訳

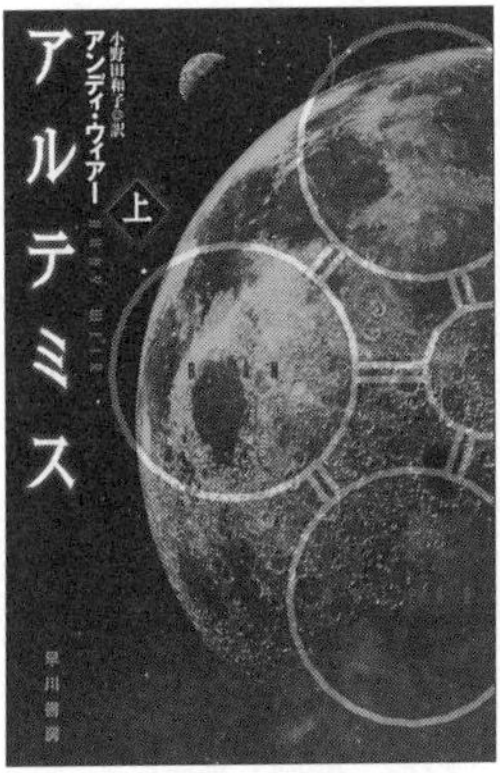

月に建設された人類初のドーム都市アルテミスでは、六分の一の重力下で人口二千人の人々が生活していた。運び屋として暮らす女性ジャズは、ある日、都市有数の実力者トロンドから謎の仕事のオファーを受ける。それは月の運命を左右する巨大な陰謀に繋がっていた……。『火星の人』に続く第二長篇。解説／大森望

ハヤカワ文庫

セミオーシス

Semiosis

スー・バーク

水越真麻訳

二〇六〇年代、人類は惑星パックスに植民を開始した。植物学者のオクタボは、この星の植物が知性を持ち、人類を敵だと判断すれば、排除するだろうと知る。人間が生き残るには植物との意思疎通と共生が不可欠だが……。七世代百年以上にわたる植民コロニーの盛衰と、植物との初めての接触《ファースト・コンタクト》の物語。解説／七瀬由惟

ハヤカワ文庫

訳者略歴　1964年生，1987年東京都立大学人文学部英米文学科卒，英米文学翻訳家　訳書『ユナイテッド・ステイツ・オブ・ジャパン』『メカ・サムライ・エンパイア』トライアス，『ネクサス』ナム，『神の水』バチガルピ（以上早川書房刊）他多数

HM=Hayakawa Mystery
SF=Science Fiction
JA=Japanese Author
NV=Novel
NF=Nonfiction
FT=Fantasy

サイバー・ショーグン・レボリューション
〔下〕

〈SF2299〉

二〇二〇年九月二十日　印刷
二〇二〇年九月二十五日　発行
（定価はカバーに表示してあります）

著者　ピーター・トライアス
訳者　中《なか》原《はら》尚《なお》哉《や》
発行者　早川　浩
発行所　株式会社　早川書房

郵便番号　一〇一 - 〇〇四六
東京都千代田区神田多町二ノ二
電話　〇三 - 三二五二 - 三一一一
振替　〇〇一六〇 - 三 - 四七七九九
https://www.hayakawa-online.co.jp

乱丁・落丁本は小社制作部宛お送り下さい。
送料小社負担にてお取りかえいたします。

印刷・精文堂印刷株式会社　製本・株式会社フォーネット社
Printed and bound in Japan
ISBN978-4-15-012299-7 C0197

本書は活字が大きく読みやすい〈トールサイズ〉です。